Peter Ebner

Der Erfolgreiche

Peter Ebner

Der Erfolgreiche

Verlag Styria

CIP-Kurztitelaufnahme der Deutschen Bibliothek

Ebner, Peter:
Der Erfolgreiche: Roman / Peter Ebner.
Graz, Wien, Köln: Verlag Styria, 1982.
ISBN 3-222-11400-5

1982 Verlag Styria Graz Wien Köln

Printed in Austria
Umschlaggestaltung: Heinz Uwe Krüger
Foto des Autors: Fotostudio Schuster, Wien
Satz und Druck:
Druck- und Verlagshaus Styria, Graz
Bindung:
Wiener Verlag, Himberg/Wien
ISBN 3-222-11400-5

Inhalt

1

Der Park

Wer wüßte nicht, wie herrlich das sein kann. Hinaustreten ins Freie. Durch eine Tür gehen. Sich vom Vergangenen wegwenden. Nur das Kommende hat noch Bedeutung. Was hinten liegt, ist gleichgültig geworden, ist plötzlich verblaßt. Unbemerkt. Wie der Wind eine Wolkenbank auflöst. So ist es manchmal. Eine unsichtbare Hand fegt den Himmel rein. Dann die Sonne.

Ein heller Vormittag. Münzing tritt aus seiner Wohnung. So wie drinnen auch hier draußen tiefer, weicher Teppichboden. Ein elegantes Stiegenhaus. Die Hausbesitzer haben bei der Renovierung keine Kosten gescheut. Ein Haus am Park. In erstklassiger Lage. Und jetzt in erstklassigem Zustand. Und dementsprechend erstklassige Mieten. Aber Münzing kann es sich leisten. Die Tür schließt leise. Das Geräusch allein erregt das Gefühl, daß sie vollkommen dicht abschließt. Münzing sperrt ab. Mit dem Drehen des Schlüssels im Schloß wird gleichzeitig eine Alarmanlage eingeschaltet. Der Einbau hat viel Geld gekostet.

Münzing ist der Meinung, daß wir in einer Zeit leben, in der die Besitzenden ihre Habe schützen müssen. Als Besitzender hat man doch auch eine gewisse Verantwortung. Nicht wahr?

Münzing geht zum Aufzug. Er drückt eine Taste. Unter dieser steht in graublauen Buchstaben: DOWN. Warum nicht ABWÄRTS? denkt er. Warum nicht HINUNTER? Heute fällt ihm dieses DOWN zum ersten Mal auf. Gut. DOWN hat nur vier Buchstaben. Aber es ist so trostlos. Viel trostloser als HINUNTER; viel trostloser als ABWÄRTS. In dem Moment, in dem Münzing die Taste drückt, wird sie von innen beleuchtet. In der Mitte erscheint ein schwarzer Pfeil, der in Richtung Erdboden zeigt. Der Aufzug kommt. Eine Schiebetür öffnet automatisch. Münzing steigt ein. Er drückt von sechs Tasten die unterste. Die Tür schließt. Einige Sekunden und sie öffnet wieder. Münzing tritt ins Vorhaus. Und dann ins Freie. Nur eine Großstadtstraße, aber was für eine. Ein breiter Gehsteig. Vier Meter. Eine doppelte Baumreihe, dann die Straße, dann der Park.

Neun Uhr. Der Autoverkehr hat schon nachgelassen. Die Luft ist bereits besser. Münzing wendet sich nach links. Etwa zehn Schritte. Ein Zeitungskiosk. Dort ist er eine beliebte Kundschaft. Die großen Tageszeitungen, der Börsenkurier, die Wirtschaftsmagazine. Die Frau im

Kiosk kennt Münzing gut. Schließlich kommt er fast jeden Tag vorbei; und das schon Jahre hindurch. Ist das alles? Vielleicht noch die Welt am Sonntag? Das Literaturmagazin? Die neue Folge des Museums? Vielleicht ein Taschenbuch? Deutsche Erzähler? Jetzt haben wir auch Insel und Fischer. Fast hätte Münzing den Knulp von Hesse erworben. So eine hübsche Zeichnung auf der Umschlagseite. Aber nein, heute nicht. Außerdem, denkt er, habe ich den Pirandello eingesteckt. Er nimmt seine drei Tageszeitungen und den Börsenkurier. Er bezahlt und geht.

Etwas über eine Minute, und Münzing ist beim Fußgängerübergang zum Park. Vor drei oder vier Jahren konnte man die Straße jederzeit ohne große Vorsicht an jedem beliebigen Punkt überqueren; und ohne besonders gefährdet zu sein. Heute? Münzing ärgert sich ein wenig. Wieder ein Knopf, der zu drücken ist. Eine Minute vergeht. Dann schaltet die Verkehrsampel um. Eine kurze Rotphase für die Autofahrer. Münzing hält sich peinlich genau auf dem Zebrastreifen. Ärgert sich dann wiederum. Diesmal über die kurze Grünphase. Kaum daß er Zeit hat zum Überqueren. Was ältere Menschen da wohl machen? Außerdem haben die Autofahrer die Gewohnheit, im erstmöglichen Augenblick wieder loszufahren. Durch einen Sprung rettet er sich auf den Gehsteig der Parkseite der Straße.

Münzings Büro befindet sich in einem Haus auf der anderen Seite des Parks. Diese wenigen Minuten am Vormittag dorthin, oder am Abend nach Hause, sind seine tägliche, aber auch fast einzige Begegnung mit der Natur. Hier merkt er den Wechsel der Witterung, den Wechsel der Jahreszeiten. Münzing beschränkt sich auf zwei oder drei Routen durch den Park. Zuerst einmal natürlich den kürzesten Weg. Die Direttissima, wie er sagt. Wenn er es besonders eilig hat. Dann ein etwas längerer Weg. Ganz selten ein dritter. Das ist der längste; der am Teich vorbeiführt. Heute schlägt Münzing diesen dritten Weg ein. Er hat etwas mehr Zeit. Oder ist es der warme Sonnenschein? Das frische Grün?

Warum renne ich so? Mein Gott. Plötzlich wird mir der Lärm der Autos bewußt. Ich werde alt. Oder nervös? Oder beides? Ich war doch immer völlig lärmunempfindlich. Ja. Da ist es jetzt schon besser. Stiller. Münzing geht wieder langsamer. Der Geruch nach frisch gemähtem Gras. Je mehr man mäht, desto schöner wächst es, denkt er. Es gibt nie auf. Drei Wochen Trockenheit, und allmählich entsteht eine gelbe Wüste. Ein oder zwei Regentage, und alles ist wieder grün. Das Gras hat das Überleben gepachtet. Münzing geht jetzt ganz langsam. Selten, daß er so dahinschlendert. Jasmin. Das muß Jasmin sein. Wieso liegen da Wassertropfen auf den Blättern?

Münzing bleibt stehen und schaut genauer. Da sitzen sie auch in den Blüten. Wieso? Heute ist doch hier noch nicht bewässert worden? Da kommt Münzing das Wort Tau in den Sinn. Tau. Aber das kann nicht sein. Wie kommt denn um neun Uhr früh Tau in einen Park mitten in der Großstadt? Das kann doch nicht sein? Aber die Tropfen sind da und glitzern in der Sonne. Hie und da fällt einer zu Boden. Geräuschlos. Münzing bewegt seinen Kopf hin und her. Es ist, wie es früher immer war. Als Kind hat er das sehr geliebt. Den Kopf hin und her bewegen, und dann glänzen einige der Tropfen auf den Blättern und den Blüten in den Farben des Regenbogens. Farbiges Licht hat ihn schon immer fasziniert. Der sonst so lebhafte Knabe konnte lange Zeit still in der leeren Kirche sitzen und die Farbflecken am hellen Marmorboden beobachten; die sich langsam verändernden Farbflecken, die die Sonne auf den Boden zauberte, wenn sie in einem bestimmten Winkel durch die bunten Glasfenster der Kirche strömte. Lange Zeit hindurch war für das Kind Farbe gleichbedeutend mit Leben und umgekehrt. Was ohne Farbe war, war für ihn tot. Weißes Papier zum Beispiel. In zarten Farbtönen regte sich dann leises Leben. In einem hellen Graublau oder in einem Pastellton, in einem Hauch von Rosa. Je greller und bunter die Farben, desto mehr Vitalität verkörperten sie für ihn. Da konnte er dann nicht mehr stillhalten. Da war er dann so aufgeladen mit Lebensfreude, daß er herumspringen mußte; daß er anfing herumzutollen. Und niemand wußte damals, woher diese plötzlichen Ausbrüche kamen. Nie hat er sein Geheimnis verraten.

Jetzt, nach so vielen Jahren, verspürt Münzing noch einen Hauch jener lang vergangenen, aber tief beeindruckenden Erlebnisse. Farben sind für ihn geheimnisvoll geblieben. Gefärbte Gegenstände berühren ihn auch heute kaum. Aber farbiges Licht rührt ihn noch immer. So als ob es ein Tor wäre, durch das man ins Überirdische blicken kann. Münzing geht weiter. Nach einem schnellen Start ist er bald wieder langsamer. Zuletzt bleibt er stehen und beobachtet drei Gärtner. Zwei knien am Boden und setzen blühende Pflanzen in ein frisch umgegrabenes Beet. Sie arbeiten langsam und bedächtig. Jedes Mal, wenn sie mit ihren kleinen Handschaufeln in die Erde stechen, halten sie einen Moment inne, als ob es gerade in dieser Sekunde etwas zu bedenken gäbe. Münzing meint, daß sie nichts bedenken, sondern nur schauen. Aber warum hält man inne, wenn man eben mit einer Schaufel in den lebenden Erdboden gestochen hat? Weil man schaut? Und was sieht man? Braune Erde. Oder gelbe Erde. Oder manchmal rötliche Erde. Sonst nichts? Münzing weiß keine Antwort. Andererseits ist ihm klar, daß es eine geben müsse.

Der dritte Gärtner hat sich mit einem etwa zwei Meter langen Stock bewaffnet. Am dünneren Ende desselben ist eine kleine Säge befestigt; gekrümmt, ungefähr einen Achtelkreis bildend. Damit beginnt er, tote Äste von einem Baum zu sägen. Manche sind ganz dürr und brechen gleich ab. Andere muß er richtig durchsägen. Münzing sieht ihm einige Minuten lang zu. Dann fällt ihm der sonderbare Gegensatz auf. Ein Stamm. Daran die Äste; sich immer mehr verzweigend. Lebende Äste, voll mit sprießenden Blättern und Blüten. Und daneben abgestorbene Äste, kahl und nutzlos, tot. Warum stehe ich hier herum? Warum fällt mir so etwas auf? Das ist doch das Natürlichste der Welt. Lebende Äste; und daneben tote Äste. Was will ich denn? Ein dicker Ast, an dem der Gärtner ziemlich lange gesägt hatte, fällt neben Münzing zu Boden. Der Gärtner blickt zuerst auf den Ast. Dann bemerkt er Münzing. Er schaut mich an. Warum nicht? Warum bin ich nervös? Der Gärtner blickt einen Moment länger als üblich zu Münzing hin. Jenen Moment länger, der aus einem beiläufigen Blick eine Prüfung macht. Offensichtlich hat Münzing die Prüfung bestanden. Der Gärtner begrüßt ihn. Grüß Gott. Guten Morgen. Gleich zweimal. Der erste Gruß reichlich abstrakt. Der zweite ist ein Wunsch. Münzing fühlt sich innerlich angesprochen. Auch ich wünsche Ihnen einen guten Morgen. Der Gärtner lächelt. Dreht sich um. Sucht wiederum einen toten Ast und beginnt zu sägen. Münzing geht weiter.

Der Teich. Da vorne ist der Teich. Münzing beschließt, sich auf eine Bank zu setzen. Ob ich die Zeitungen im Büro durchsehe oder hier? Das ist doch schließlich gleichgültig. Tiller kommt vorläufig auch ohne mich aus. Wichtiges gibt es ja erst am Nachmittag. Münzing setzt sich. Er hat sorgfältig gewählt. Die Sonne hat er zu seiner Rechten. Etwas von hinten kommend, scheint sie ihm gerade über die Schultern. Vor ihm eine kleine, etwas abschüssige Wiese. In etwa fünf Meter Entfernung der Teich. Die Wasseroberfläche ist vollkommen glatt; und dazu von einem hübschen zarten Blau. Der Himmel ist heute rein. Reiner als sonst in der Großstadt. Einige kleine weiße Sommerwolken gibt es. So wie die Bäume, die am Ufer stehen, sind auch diese ein zweites Mal im Wasser zu sehen. Münzing schlägt jene Zeitung auf, die in seinem Paket zuoberst liegt. Den Merkur.

Truppenkonzentrationen an der Grenze. Mein Gott. Was für eine Grenze schon wieder? Und welche Truppen? Münzing ist kaum erleichtert, als er erfährt, daß es chinesische Truppen an der Grenze zu Vietnam sind. Die Welt ist klein geworden. Münzings Gehirn beginnt wie ein Computer zu arbeiten. Durch Fragen, die mit Ja oder Nein zu beantworten sind, tastet er sich an ein Urteil über die neue Lage heran. Jede Frage ist, allein gesehen, unbedeutend. Die Summe der Fragen und Antworten ergibt das Bild.

Münzing vermittelt Verkäufe von Industrieunternehmen. Andere verkaufen Brot oder Kartoffeln, ich verkaufe Fabriken. Schon oft hat Münzing einen Satz wie diesen während Verhandlungen fallenlassen, um Stimmungen aufzufangen, die gegen ihn arbeiteten. Und doch. Ist es nicht richtig, daß sich mit der Größenordnung einer Transaktion auch deren Empfindlichkeit entfernten Einflüssen gegenüber ändert? Die Ereignisse im Fernen Osten sind für den Verkauf von Kohl oder Kartoffeln am europäischen Markt sicherlich ohne jede Bedeutung. Doch bei der Größenordnung der Geschäfte, die Münzing abzuwickeln gewohnt ist, kann es sehr wohl von Bedeutung sein, ob die Chinesen ihre Truppen an der Grenze zu Vietnam zusammenziehen oder nicht. Münzings Phantasie macht sich ein wenig selbständig. Chinesische Truppen. Chinesische Gärten. Ob die zwei Wasservögel, die in der Mitte des Teiches ihre Kreise ziehen, chinesische Gänse sind? Münzing kann sich erinnern, einmal gelesen zu haben, daß solche im Park ausgesetzt wurden. Chinesische Gänse. Ob man im chinesischen Restaurant chinesische Gänse bekommt? Oder ungarische? Chinesischer Götterbaum. Chinakohl. Chinakohlen. Ob die wohl wirklich Kohlen exportieren? Vielleicht nach Vietnam? Jedenfalls Konzentration chinesischer Truppen an der Grenze zu Vietnam. Es ist Zeit, mich zu konzentrieren. Münzing liest weiter.

Wimbledon hat seine Wunderkinder. Wie kommt so etwas auf das Titelblatt? Aha. Nur eine Ankündigung. Siehe Seite sechzehn. Aber Münzing bleibt auf der Titelseite. Gewerkschaft endlich für Arbeiteraktien. Arbak. Eine neue Abkürzung. Da schau her. Was machen die Arbaks? Wie viele Arbaks sind eigentlich in Arbhands? Ob die Gärtner organisiert sind? Sicherlich. Sonst würden sie im Akkord arbeiten. Schön, daß sie es sich leisten können, bedächtig zu sein. Ein Garten wäre wohl kein Garten, wenn er im Akkord bearbeitet würde. Blumen im Stücklohn. Eigentlich unmöglich. Sie wären beleidigt. Sie würden nicht blühen. Oder nur kümmerlich. Münzing blättert ein wenig. Sternenhimmel im Juni. Steinbock. Schütze. Herkules. Kapella im Fuhrmann. Mein Gott. Antares, der rote Hauptstern, im Skorpion. Merkur bald in Konjunktion mit der Sonne. Ob die Zeitung wohl etwas macht aus diesem Ereignis? Dann ist es die Erde, die am nächsten zur Sonne ist. Hundertzweiundfünfzig Millionen Kilometer. Eine Lächerlichkeit. Jedenfalls, es bleibt warm.

Was sagt die Tagespost? Chinesische Truppen an der Grenze zu Vietnam. Ja. Und sonst? Das Außenhandelsdefizit. Und sonst? Da schau. Die englische Stahlindustrie konzentriert sich. Einige Werke sperren. Andere unter gemeinsamer Führung. Und am Nachmittag wird bei mir im Büro der Verkauf der Maschinenfabrik Günther abgeschlossen werden. Sehr gut. Für wen die Schweizer wohl kaufen? Die Schweizer Grenze? Oder die schweizerische Grenze? Also gut. Für wen die Schweizerischen wohl kaufen? Für sich? Billig wird das Unternehmen ja sein. Aber das Risiko. Naja. Warum diese Idioten von der Gartenverwaltung diesen Entenunterstand am Teich als Schweizerhaus gebaut haben? Das paßt doch überhaupt nicht hierher. Die Engländer konzentrieren ihre Stahlindustrie. Ich kann heute nicht einmal mich konzentrieren. Vielleicht wenn es regnen würde. Aber nein. Diese Sonne. Dieses Grün. Das Wachsen. Alles schießt zum Himmel. Diese Lebensfreude. Und in fünf Monaten ist alles kahl. Kalt und trüb. Ob die wohl Waffen erzeugen wollen in der alten Günther-Fabrik? Wäre eigentlich ohne weiteres möglich.

Langsame Schritte auf dem Kiesweg. Münzing blickt auf. Eine alte Frau. Sie bleibt stehen. Wendet sich dem Teich zu. Sie geht über den schmalen Wiesenstreifen bis zum Ufer. Die Wasservögel scheinen die Frau zu kennen. Oder kennen sie nur die Kleider? Vielleicht ist sie immer gleich angezogen? Ein Faltenrock aus blauem Stoff, der bis zu den halben Waden reicht. Braune Strümpfe. Schwarze Halbschuhe. Eine Jacke in Herrenfasson, offensichtlich aus gutem Tuch. Hellgrau. Darunter eine braune Bluse. Ein schwarzer Strohhut mit schmaler, hochgestellter Krempe. Eine schwarze Tasche. In derselben Hand hält sie einen Leinensack. Darin muß das Futter für die Tiere sein, denn beim Erscheinen der Frau am Ufer hat ein richtiges Gerenne zu ihr hin begonnen. Münzing wundert sich über die vielen Vögel, die er bis jetzt nie bemerkt hat. Zuerst die zwei chinesischen Gänse. Dann Schwäne und Enten. Wasserhühner in Menge. Eine der Enten zupft am Leinensack. Die Frau hebt ihn hoch. Öffnet ihn. Streut Futter.

Sie säen nicht. Sie ernten nicht. Sie sammeln nicht in Scheunen. Und trotzdem nährt sie ihre Mutter. Münzing hat seine Zeitungen zusammengepackt. Gespannt verfolgt er die Fütterung. Natürlich. Die größeren bekommen mehr. Weil sie es brauchen? Oder sind sie größer, weil sie sich mehr nehmen? Etwas ist sympathisch: die Frau spielt nicht Schicksal. Sie bevorzugt keines der Tiere. Gleichmäßig und gelassen streut sie das Futter. Sie sammeln nicht in Scheunen. Und trotzdem werden sie genährt. Oder ist das Wörtchen »trotzdem« hier falsch am Platz? Sie sammeln nicht in Scheunen. Vielleicht werden sie gerade deshalb genährt. Von ihrem himmlischen Vater?

Einzelne, bereits satt oder überdrüssig, entfernen sich. Sie steigen schon wieder ins Wasser. Vor allem die kleineren, stellt Münzing fest. Und die jüngeren, die weniger brauchen. Die anderen, die Schwäne und die Gänse, die sind noch beim Fressen. Die hören erst auf, wenn alles weg ist. Darauf schließe ich eine Wette ab. Tatsächlich. Jetzt ist nur noch dieser dicke Schwan da. Geht auf der Wiese herum und sucht nach Resten. Nachdem schon alles, aber auch alles aufgegessen ist. Eine Gewohnheit? Oder betreibt er es als Sport? Oder ist er so ordentlich? So sparsam? Darf nichts verlorengehen?

Die alte Frau geht weiter. Eine Minute. Zwei Minuten. Auch der dicke Schwan ist wieder im Wasser. Nach und nach verschwinden die Schwimmvögel im Gebüsch. Einzig die zwei chinesischen Gänse bleiben in der Mitte des Teiches. Ziehen ihre Kreise. Alles ist, wie es vor dem Auftauchen der Frau gewesen war. Einige Federn am Wasser. Hie und da noch ein Wellenschlag. Dann ist auch das vorbei. Stille. Wasser. Sonne. Bäume. Blüten. Gras. Ein ganz leiser Blütenduft.

Mit einem Mal hört Münzing wieder den Verkehrslärm. Das Motorengeräusch der vielen Automobile auf der Straße um den Park. Er steht auf und blickt auf seine Armbanduhr. Mein Gott. Wie ich mich heute verspäte. Als ob ich nichts zu tun hätte. Rasch geht Münzing vom Teich weg. In Richtung Büro. Aber ebenso rasch wird er wieder langsamer. Was für ein Baum! Münzing hat allen Grund, langsamer zu werden. Was für ein Baum! Eine Kastanie? Eine Fackel, eine Lichtquelle. Münzing bleibt stehen. Er schaut genauer. Der Baum ist ja kaum grün. Die siebenlappigen Blätter sind klein; wenig entwickelt. Aber dafür diese Blüten. Tausende. Und die Sonne steht hinter dem Baum. Ja. Er strahlt. Eine Lichtkrone. Die Kerzen sind entzündet. Eine Dekoration. Aber auch mehr. Warum strahlt der Baum? Für wen? Denn nur um der Fortpflanzung willen brauchte er ja nicht so zu leuchten. Dazu genügt es doch wohl, daß Samen zur Erde fällt und sprießt. Da gibt es doch genug Pflanzen, die das Ganze viel unauffälliger betreiben. Warum leuchtet dann dieser Baum? Für wen?

Freude, sagt sich Münzing. Lebensfreude. Ruhe und Gelassenheit. Und Sicherheit. Sicherheit, da zu sein und zu bleiben. Wenn man ihn fällen würde; den Baum jetzt umsägen würde? Dann liegt er da und verdorrt. Eine Woche, zwei Wochen. Aus. Aber das Strahlen? Ich jedenfalls werde es nie vergessen. Solange ich lebe. Und außerdem. Wo noch prägt sich dieses Strahlen ein? Bleibt es irgendwo bewahrt? Verändert es die Welt? Ist die Schöpfung eine andere nach diesem Strahlen?

Vielleicht ist es Zufall? Vielleicht hat Münzing auch ein neues Auge entwickelt? Für Zusammenhänge, die ihm bisher verborgen waren. Er geht weiter. Die letzten Schritte durch den Park. Und überall Fülle, überall Verschwendung. Rechts eine Magnolie, nicht höher als etwa zwei Meter, inmitten einer Wiese. Herrlich blühend. Und sogar das Gras verschwendet seine Kraft, denkt Münzing. Hinauf. Zum Licht. Wozu? Wer soll das wissen. Vielleicht nur aus einem einzigen Grund? Vielleicht nur, damit Kraft sichtbar werden kann? Für wen? Für mich? Und die Magnolie? Genau wie der Baum. Strahlend. Fülle und Verschwendung. Aber sie strahlt anders als der Baum. Milder. Nicht so hell. Nicht so weiß.

Münzing kommt zur Straße. Hier sind die Häuser höher als auf der anderen Seite des Parks. Drüben waren es Wohnhäuser; fünf bis sechs Stockwerke. Hier herüben Büropaläste, oft zwölf bis fünfzehn Stockwerke. Große Namen auf den Schildern neben den Hauseingängen. Eine Versammlung fast aller Multinationalen. Darunter auch kleinere Büros. Aber Firmen, die es sich eben leisten können. Auch Münzing. Jetzt bleibt er auf dem Gehsteig der Parkseite. Geht zweihundert Meter nach links. Wieder ein geregelter Fußgängerübergang. Münzing drückt eine Taste auf einem Metallgehäuse, das an einer etwa drei Meter hohen Stange befestigt ist. Oben ist die Ampel mit den Lichtsignalen. Eine Minute: Grün. Münzing überquert die Straße. Geht noch ein wenig weiter. Wieder nach links. Dann steht er vor dem Haus, in dem sich sein Büro befindet.

2

Das Büro

Das Gebäude ist niedriger als die Nachbarhäuser; nicht mehr als fünf Stockwerke hoch. Eine glatte Fassade. Kein Mauerwerk zu sehen. Jedes Geschoß ist vom nächsten durch einen schmalen Marmorstreifen getrennt. Warmer, gelber Stein. Er erinnert ein wenig an die Sonne Italiens. Dazwischen Glas; der untere Teil bläulich schimmernd. Dann Querleisten aus Metall; darüber die Fenster. Dasselbe in jedem Stockwerk. Nur ganz oben ist die Front etwas zurückgesetzt. Das Ganze wirkt kühl und funktionell. Das soll es wohl auch. Was da drinnen geschieht, hinter dieser Fassade, das ist alles kühl überlegt. Und was dort erdacht wird, das funktioniert auch.

Das Haustor. Ein großer Flügel, eingerahmt von schmalen Messingleisten. Fast ein Quadrat. Etwa zwei mal zwei Meter. Keine Klinke, nur ein Messingknopf. Darunter ein Schlüsselloch. Neben der Tür an der Wand eine Metallplatte. Zehn Namenschilder. Neben jedem eine Klingel. Zwei Reihen zu fünf. Münzing läutet. Ein kurzer, tiefer

Brummton. Die Tür springt auf; einige Millimeter nur. Münzing öffnet, tritt ein. Der obligate Teppichboden. Vielleicht zum ersten Mal schenkt ihm Münzing einige Beachtung. Keine positive. Er ist eingefärbt entsprechend der Stimmung, in die er die Menschen versetzen soll. Wer manipuliert da eigentlich? Eine eigenartige Sache. Synthetisch. Je höher der Flor, desto intensiver ist die Wirkung auf die Sinne. Und die Farbe? Natürlich. Da ist das kühle Blaugrau. Die Farbe von Stahl. Der weiche Teppich und die harte Farbe. Ja. In diesem Haus wird gekämpft. Hart auf hart. Man wird nach außen hin nicht viel davon merken. Wenig Lärm. Jedes Geräusch wird gedämpft. Wir sind ja keine Barbaren. Hart, aber fair. Und man kümmert sich schließlich doch immer ein wenig um den Unterlegenen. Jawohl. Kein Geschrei. Eine gedämpfte Atmosphäre. Eine gewisse Eleganz bleibt gewahrt. Auch wenn sie stahlgrau ist, bleibt sie Eleganz.

Münzing geht durch die Eingangshalle. Am Aufzug vorbei zum Stiegenhaus. Sein Büro befindet sich im dritten Stockwerk. Fünfzehn Stufen, eine Wendung um hundertachtzig Grad, weitere fünfzehn Stufen; dreimal. Auch hier der stahlgraue Spannteppich. Münzing erreicht die dritte Etage. Da ist es ganz anders. Ein Gang. Fast drei Meter breit und etwa fünfzehn Meter lang, ohne Fenster, mit künstlicher Beleuchtung. Indirekt.

Leuchtstoffröhren; oben, entlang der Wände hinter einer Blende angebracht. Und der Teppichboden im Korridor ist rot. Eine Farbe, wie sie alte Samtsofas aus der Zeit der Jahrhundertwende haben. Wie in einem Bordell. Münzing wird trotzig. Warum auch nicht? Es paßt doch auch? Hier wird eben gehandelt. Gekauft und verkauft. Und es zählt der Gewinn. Sonst nichts. Und die Ware? Ist es nicht gleichgültig, was gehandelt wird? Ob die Ware tot ist oder lebt?

Die zweite Tür rechts. Der Eingang zu seinem Büro. Münzing läutet. Er hat es sich zur Gewohnheit gemacht, nicht selbst aufzusperren. Unten nicht und da heroben auch nicht. Zwei Sekunden, und Herr Tiller öffnet. Herr Tiller ist Münzings Sekretär. Guten Morgen. Guten Morgen, Herr Tiller. Gut geschlafen? Ja. Und ein angenehmer Tag. Münzing geht in den Vorraum. Links zwei Türen. Toilette und Abstellraum. Rechts eine Truhe. Dunkles Holz. Eine geschnitzte Vorderfront, das Sonnenrad in der Mitte, daneben Zweige. Auf der Truhe flache Pölster. Sie kann als Sitzgelegenheit verwendet werden. Daneben ein Kleiderständer. Gebogenes Holz. Ein schönes Stück. Nicht allzu üppiges Art nouveau. Daneben ein Schirmständer mit quadratischem Grundriß, dreißig mal dreißig Zentimeter. Getriebenes Messing. Aus derselben Zeit. Dem Eingang gegenüber die Tür in den ersten Arbeitsraum, in das Zimmer des Herrn Tiller. Beide Männer gehen ins »Büro«. Es ist nur der Raum Tillers, der »Büro« genannt wird. Dahinter liegt das Arbeitszimmer Münzings.

Es ist ungewöhnlich, als einzige Arbeitskraft einen Sekretär zu engagieren. Das gebe ich zu. Bei mir liegen die Verhältnisse aber anders. Ich habe doch kaum Büroarbeit. Und wenn schon, warum soll sie nicht ein Mann tun? Aber schauen Sie. Die Verträge setzen die Rechtsanwälte auf. Verhandlungsprotokolle sind bei mir nicht notwendig. Und Briefe gibt es kaum. Fast alle Termine werden telephonisch fixiert. Was ich brauche, ist Ruhe, Verläßlichkeit und Eleganz. Natürlich bin ich der Meinung, daß es genug Frauen gibt, die Ruhe, Verläßlichkeit und Eleganz ausstrahlen. Natürlich hätte ich eine gefunden, wenn ich lange genug gesucht hätte. Ich habe eben einen Sekretär. Ich bitte Sie. Jeder Minister hat einen Sekretär. Warum soll ich keinen haben?

Tiller ist immer informiert. Heute nachmittag ist doch die Günther-Verhandlung, Herr Münzing. Haben Sie schon gelesen? Die englische Stahlindustrie konzentriert sich. Warum konzentriert sie sich? Weil weniger Stahl gebraucht wird. Warum wird weniger Stahl gebraucht? Weil unter anderem die Maschinenfabriken weniger Aufträge haben. Das kann doch die Verhandlung heute nachmittag erleichtern? Nicht wahr? Das war es, was Münzing an Herrn Tiller schätzt. Er lebt mit. Und dazu sind auch noch die Termine in Ordnung. Und alles andere auch. Ich weiß schon, sagt Münzing. Am Weg durch den Park habe ich die Zeitungen ein wenig durchgeblättert. Ein schöner Zufall. Mit keinem Wort verrät Münzing, daß er auf einer Bank im Park gesessen ist. Am Teich. Ein Geschäftsmann sitzt nicht im Park herum. Ein Geschäftsmann verhandelt. Oder er denkt, liest oder schreibt in seinem Büro. Oder er telephoniert. Aber er sitzt nicht auf einer Bank im Park. Noch dazu um neun Uhr morgens und an einem Wochentag.

Das Zimmer, in dem Tiller residiert; sehr sauber, sehr gepflegt. Fünf mal sechs Meter. Trotz einiger Büromaschinen ist es ein eleganter Raum. Kommt ein Besucher aus dem Vorzimmer und betritt das Büro, fällt sein Blick zuerst auf die Fensterfront gegenüber. Zwei dreiteilige Fenster, getrennt durch schmale Metallstreifen; das ist alles. Jetzt erst merkt der Besucher, daß die Fassade des Hauses fast ausschließlich aus Fenstern besteht. Dann der Blick über den Park. Das Stockwerk liegt gerade in Höhe der Baumwipfel. Ein grünes Meer breitet sich aus, das sich je nach Windstärke mehr oder weniger heftig bewegt. Genau wie im Vorraum ist auch hier der Boden mit einem grauen Spannteppich belegt. Obwohl ihn Münzing einmal, vor langer Zeit, ausgewählt haben muß, fällt ihm heute zum ersten Mal die Farbe dieses Bodenbelages auf. Münzing geht zum Fernschreiber, der auf einem Tisch neben der Tür zum Vorraum steht. Nur Belanglosigkeiten, Herr Münzing, sagt Tiller. Einige Aktienkurse aus den Vereinigten Staaten. Tendenz fallend. Und das schweizerische Konsortium, das die Günther-Fabrik kaufen will, bittet um sofortige Mitteilung des Verhandlungsergebnisses. Das ist ja selbstverständlich, sagt Münzing. Tiller berichtet weiter. Ein französisches Handelshaus fragt an, ob Sie Vertretungen übernehmen. Nein. Da müssen die sich einen Vertreter suchen und nicht einen Makler.

Ein Schreibtisch steht so in der Mitte des Raumes, daß Tiller zu seiner linken Hand die Fenster zum Park hat, auf der anderen Seite eine grüntapezierte Wand mit einem Aktenschrank. Rechts vor sich hat er die Tür zum Vorraum und hinter sich die Tür, die zu Münzings Arbeitsraum führt. Ein guter Platz. Tiller dominiert den Raum. Jeder, der zu Münzing will, muß an ihm vorbei. Nicht daß schon je einer ins Büro gestürmt wäre. Nein. Jeder Besucher wurde noch von Herrn Tiller langsam und gemessenen Schrittes in Münzings Arbeitsraum geführt. Aber man kann ja heutzutage nie wissen. Neben Tillers Schreibtisch steht die Schreibmaschine. Ein riesiges Ding, das auch Texte speichern kann. Da hat Münzing über seinen Bedarf gekauft. Wenn es fünfmal im Jahr etwas zu speichern gibt, ist das schon viel. Aber Herr Tiller hat sich gefreut. Und warum nicht?

Der Aktenschrank an der Wand ist kein Aktenschrank, sondern ein Bücherkasten aus der Barockzeit. Münzing hat ihn vor Jahren bei einer Versteigerung der Möbel eines Schlosses erworben. Vier Meter lang und zweieinhalb Meter hoch; mit Kirschholzeinlagen. Sonst nußfurniert. Handgeschnittene Furniere natürlich. Blumenintarsien auf den Pfeilern. In der Mitte befinden sich Glastüren, links und rechts offene Stellagen. Ein Möbelstück, das ein kleines Vermögen kostet. Aber warum nicht? So sagt zumindest Münzing immer. Der Schrank wird nicht billiger, sondern teurer, je länger er hier steht. Und er ist praktischer als so mancher neue. Und völlig zweckentsprechend. Laden für das Papier und für das Büromaterial. Da sind hohe Fächer für Ordner, niedrigere für Bücher. Das Handelsrecht, kommentiert in drei Bänden. Das Gesellschaftsrecht, römisch eins und römisch zwei. Who's who in Industry. Davon gleich die letzten zehn Jahrgänge. Und so weiter. Würde der Schrank aus einem Kloster stammen, hat Münzing einmal gesagt, hätte ich das Gefühl, ihn zu mißbrauchen. Aber so? In einem Schloß vor zweihundert Jahren? Was war da drinnen in diesem Kasten? Entweder galante Lektüre oder Akten und Dokumente. Jetzt ist zumindest keine galante Lektüre drin.

Münzing wendet sich vom Fernschreiber weg und blickt quer durch das Büro. Vor dem Schreibtisch liegt ein kleiner, in Rot und Gelb gehaltener kaukasischer Teppich. Ein bunter Farbfleck auf dem Grau. In der Mitte der Zimmerdecke eine Rosette aus Gips, aber kein Beleuchtungskörper. Dafür gibt es eine Stehlampe links neben Tillers Schreibtisch, eine zweite neben dem Fernschreiber und eine dritte neben der Schreibmaschine; alle mit hübschen goldgelben Schirmen, die sich gut von den hellgrünen Stofftapeten abheben; und natürlich ebensogut vom grauen Teppichboden.

Was ist los mit mir? Wieso erscheint mir hier heute alles wie erstorben? Tote Dinge. Wie tot? Ein toter Raum? Ein Totenraum? Ein Raum für Tote? Was lebt hier? Blattpflanzen? Wer kann denn noch erkennen, ob das Zeug aus Kunststoff ist oder lebt? Sauber. Ja. Sauber ist es hier. Und elegant. Aber diese elfenbeinfarbenen Radiatoren? Wenn wenigstens ein offener Kamin da wäre. Aber nein. Das wäre noch trostloser. Ein schwarzes, ausgebranntes Loch. Ein Krematorium im Zimmer. Der Tiller hat heute seinen schwarzen Seidenanzug an. Schaut sehr gut aus. Aber wie ein Totengräber. Vielleicht ein Aquarium? Vielleicht einen Vogel in einem schönen Käfig? Einen

Papagei? Nein. Noch nie habe ich Vögel oder Fische in einem Büro gesehen. Nein. Der Grund ist ein anderer. Ich beschäftige mich hier ausschließlich mit toten Dingen. Aber Fabriken sind doch keine toten Dinge, überlegt Münzing weiter. Industrieanlagen leben. Ja. Aber lebende, vitale Unternehmen werden nicht verkauft. Verkauft werden tote Unternehmen. Oder solche, die schon fast tot sind. Ich verkaufe Leichen. Ich bin im Leichengeschäft. Verena? Wieso ich jetzt an Verena denken muß? An meine geliebte Freundin Verena? Die war klug. Oder nicht? Die ist ausgestiegen aus ihrem Management-Job. Die will damit nichts mehr zu tun haben. Wie recht hat sie eigentlich?

Ein unbemerkbares, ruckartiges Aufrichten. Eine kleine, kurze Willensanstrengung. Münzing hat die Gedankenabfolge, die sich in seinem Kopf bereits selbständig gemacht hat, unterbrochen. Er fragt nach der Post. Muß jeden Moment kommen, sagt Tiller. Ich bringe sie Ihnen sofort, Herr Münzing. Wir haben keinen Termin am Vormittag. Abgesehen von Telephonaten wird es ruhig sein. Um vierzehn Uhr kommen die beiden Günther und die Anwälte. Es ist alles vorbereitet. Münzing geht zum Bücherschrank. Links die Aktenordner. Vor allem dunkelblau. Hie und da orange oder gelb dazwischen. Er öffnet die Glastür zu den Fächern, in denen die Gesetzesliteratur untergebracht ist. Alle Bände hier sind in dunkelblaues Leinen gebunden. Goldbuchstaben sind auf den Rücken eingeprägt. Gesellschaftsrecht, römisch zwei. Münzing nimmt den Band heraus. Eigenartig. Warum mir heute dieses Buch zuwider ist? Allein das Gefühl, es aufschlagen zu müssen. Schwarze Buchstaben auf weißem Grund. Dieses allgegenwärtige Schwarz. Warum druckt man nicht grüne Buchstaben auf himmelblauem Papier? Münzing schlägt das Buch irgendwo auf. Klappt es wieder zu. Klemmt es unter den Arm. Er geht zum Fernschreiber. Dort hat er vorher die Zeitungen liegen gelassen. Münzing holt sie. Er klemmt sie ebenfalls unter den Arm und wendet sich zu Herrn Tiller: Bis später! Gut, Herr Münzing. Soll ich hinein verbinden? Warum nicht, Herr Tiller? Münzing geht in seinen Arbeitsraum und schließt die Tür hinter sich. Niemand kann es sehen. Aber nachdem Münzing die Tür zugemacht hat, lehnt er sich einen Moment lang mit dem Rücken dagegen. So, als wolle er eine feindliche Umwelt ausschließen; aus einem Zufluchtsort, der ihm allein gehört.

Schon vor vielen Jahren hat Münzing bedacht: In meinen Arbeitsräumen verbringe ich täglich viel mehr Stunden als in meiner Wohnung. Von der Zeit des Schlafens natürlich abgesehen. Warum sollte ich meine Arbeitsräume weniger sorgfältig einrichten als meine Wohnung? Und tatsächlich. Dieser Arbeitsraum ist ein Wohnraum. Der obligate Spannteppich, aber hier hat er den angenehmen gelbbraunen Farbton von natürlichem Kamelhaar. Münzings Schreibtisch ist eine Kostbarkeit aus der Empirezeit. Er steht in spitzem Winkel zur Hinterwand des Raumes. Münzing sitzt also mit dem Rücken schräg zur Wand, und im Gegensatz zu Tiller überblickt er den Park. Was für ein Schreibtisch. Rosenholzfurniert. Die vier Füße sind vier griechische Säulen, die von unten nach oben an Umfang zunehmen und jeweils in einem korinthischen Kapitell enden. Und in der Front sind fünf antike Vasen in dunkelbraunem Holz intarsiert; alle gleich groß, aber verschieden geformt. Vor dem Fenster stehen Töpfe mit Blattpflanzen. Münzing hat das gern. Sie leben. Aber wer sieht das schon? Münzings Arbeitszimmer ist etwas größer als Tillers Büro. In der Mitte des Raumes befindet sich ein ovaler Tisch; über zwei Meter lang, mehr als ein Meter breit. Aus England. Achtzehntes Jahrhundert. Um diesen Tisch stehen sechs hohe Stühle, deren Sitzflächen und Rückenlehnen dunkelgrün gepolstert sind. Davor ein Teppich aus Persien. Blumenübersät. Auch das hat Münzing gern. Diese Blumen sind sicherlich tot. Dem Fenster gegenüber, fast an der Hinterwand des Raumes, steht ein kleiner Tisch. Darauf ein Telephon. Daneben eine Stehlampe. Links und rechts je ein Lehnsessel. Hier pflegt Münzing jeden Morgen seine

Zeitungen zu lesen. An der Wand darüber ein Bild. Ein hübsches Stilleben. Eine Tischfläche ist angedeutet, eine geschälte Zitrone auf einem Teller. Ein Glas, halb voll mit Wein. Rechts liegt ein Zinnbecher. Daneben Nüsse. Auch Nußschalen. Ein Messer. Auf der Klinge die Signatur des Malers. Willem Heda, sechzehnhundertzweiunddreißig.

Münzing läßt sich in den Polstersessel fallen. Bin ich müde? Wovon? Er setzt die im Park begonnene Zeitungslektüre fort. Den Merkur hat er schon vorher durchgesehen. Münzing legt ihn auf den Tisch. Ebenso das Gesellschaftsrecht, römisch zwei. Die übrigen Zeitungen hat er neben sich auf dem anderen Polsterstuhl. Er nimmt den Südkurier. Chinesische Truppen an der Grenze zu Vietnam. Gut. Was noch? Die neue Multi-Alarm-Quartz-Digital; was noch? Münzing konzentriert sich. Nahostgespräche im Zeichen verhärteter Positionen. Putschversuch in Ägypten gescheitert. Neue Strompreise ab heute in Kraft. Washington beschleunigt Waffenlieferungen. Da schau her. Wohin denn? In den Nahen Osten. Da sollte man schon genauer wissen, wohin. Der griechisch-türkische Dialog. Wird auch nicht sehr intensiv sein. Aber nein! Der Zweigmann ist gestorben! Von der chemischen Fabrik. Ein ganz schönes Unternehmen. Münzing ruft Herrn Tiller. Sagt: Der Zweigmann ist gestorben. Mein Gott. So plötzlich. Ein ganz schönes Unternehmen. Das wird sicher auf den Markt kommen. Wir müssen uns das vormerken. Eine junge Firma. Vor zwanzig oder dreißig Jahren hat er sie gegründet. So plötzlich sterben! Der hat auch nichts anderes gekannt als sein Unternehmen. Keine Familie. Keine Kinder. Sie erinnern sich, Herr Tiller. Er war einmal da bei uns. Wir haben ihm damals die Seifenfabrik vermittelt. Er hat aber nur das Areal gebraucht. Der hat nur seine Firma gekannt. Ich sehe schon die Nachrufe vor mir. Ein Leben im Dienste der chemischen Industrie. Und? Übrigens, Herr Tiller. Ich muß natürlich zum Begräbnis. Blumen. Bitte Blumen bestellen. Sie kümmern sich, nicht wahr? Tiller nickt und geht hinaus.

Ich will aber nicht zum Begräbnis. Unsinn. Ich weiß, daß ich hingehen muß. Habe ich mich schon je in meinem Leben vor einem Leichenbegängnis gefürchtet? Vor einem Begängnis? Begehen? Was wird da begangen? Der Friedhof? Tote Blumen für einen Toten. Und für ein totes Unternehmen? Wieder einmal ein Leichenverkauf. Und Tote kaufen tote Firmen. Der Kastanienbaum im Park macht mich nervös. Positives müßte doch positiv beeinflussen? Oder nicht? Das war das Leben. Heute früh, da draußen im Park. Münzing steht auf. Er geht zum Fenster, blickt über den Park, sucht. Da ist er. Tatsächlich. Genug blühende Bäume im Park. Auch Kastanien. Aber nur einer strahlt. So viel Lebenskraft, daß sie sichtbar wird. Daß sie sich einprägt. In mir? Natürlich in mir. Aber auch in der ganzen Umgebung. Strahlende Lebenskraft prägt sich ein. Einmal so ein Höhepunkt, und es genügt. Das bleibt. Das ist für Generationen spürbar. Wo hat sich der Zweigmann eingeprägt?

Wo hat sich Zweigmann eingeprägt? Hat er nicht irgend etwas gesammelt? Hat er nicht eine berühmte Sammlung? Gehabt, natürlich. Römische Gläser. Jawohl. Das ist es. Antike Gläser. Wem er die wohl hinterläßt? Wenn er überhaupt daran gedacht hat. Vielleicht dem Tierschutzverein? Jedenfalls kommt eine Auktion. Ein Katalog. Die Sammlung Zweigmann. Schluß. Münzing steht noch immer beim Fenster; blickt über den Park, über das Grün, über die Lebenskraft, blickt über den Horizont hinaus. Was ist es, denkt er, das mich vom Zweigmann unterscheidet? Vielleicht nur einige Jahre noch, und ich bin tot. Und dann? Wird dann jemand vor mir stehen? Und wird mich diese Person fragen: Was hast du getan während all der Jahre, die dir gegeben waren? Bei mir wird es anders sein als beim Zweigmann. Das weiß ich bereits. Und es ist schon anders. Gut so. Natürlich kann ich meine Aquarelle nicht mit seinen Gläsern vergleichen. Aber immerhin sind zwei Turner dabei; dann ein Toulouse, ein paar Alt, ein Schiele und zwei Klimt. Immerhin. Münzing ruft Herrn Tiller. Bitte sind Sie so gut und schreiben Sie nach Hamburg. Oder telephonieren Sie. Wie Sie wollen. An den Heinemann. Vielleicht werde ich meine Aquarelle verkaufen. Er soll herkommen und sie ansehen. Eine Sekunde ist sogar dem gewandten Herrn Tiller Erstaunen ins Gesicht geschrieben. Aber nur eine Sekunde lang. Wenn Sie nicht an Ihrer Sammlung hängen, eine gute Zeit, Herr Münzing. Momentan fliegt viel loses Geld herum. Vor allem aus Italien. Münzing schaut ihn an. Er lächelt. Danke schön, Herr Tiller. Der geht langsam und bedächtig in sein Büro zurück.

Münzing geht zu seinem Schreibtisch. Dahinter steht ein Drehstuhl. Ein elegantes Stück, mit hellem Rauhleder bezogen und mit breiten Armlehnen. Er setzt sich. Warum der Tiller nicht selbst ins Geschäft geht? Der weiß alles. Der wäre gut. Sehr gut sogar. Seltsam. Er weiß alles. Aber in irgendeiner Weise scheint ihn das Ganze nicht zu interessieren. Steht er über den Dingen? Wenn ja, dann wieso? Eigentlich eigenartig. Wenn über ein Geschäft gesprochen wird und der Tiller ist dabei, dann kommt ein Moment, da hebt er die Augenbrauen so komisch in die Höhe. Dann sieht er aus wie ein Mensch, dem während eines Spazierganges in einem freundlichen Wald plötzlich ein besonders häßliches Insekt auffällt. Ein wenig Schrecken. Ein wenig Angst. Ein wenig Abscheu.

Doch das dauert nur einen Augenblick. Dann ist es vorbei. Aber immer diese Distanz. Diese Gelassenheit. Eigentlich schon Passivität. Dabei weiß er alles. Er wäre gut. Er wäre erfolgreich, der Tiller.

Münzing greift zum Gesellschaftsrecht, römisch zwei. Elf Uhr. Furchtbar. Ich muß mich für den Nachmittag noch ein wenig einlesen. Diese Günther-Verhandlung! Todsicher, aber zuwider. Warum eigentlich? Was würde ich lieber tun während dieses Nachmittages? Mit Verena irgendwohin gehen? Hinaus ins Grüne? Reden mit ihr? Worüber? Über die Zukunft? Nein. Ich bleibe da, und die Günther-Verhandlung wird ablaufen. Wie geplant. Natürlich. Alles andere wäre purer Unsinn. Jetzt blättert Münzing zuerst im Index. Noch immer der rascheste Weg, etwas zu finden. Seite einhundertsiebenundfünfzig. Er schlägt auf: Ges. m. b. H. und Co. KG. und Co. KG. und Co. KG. und Co. KG. und so weiter. Nicht einmal das hat den Günthers genützt. Münzing steht auf, geht herum. Er bleibt wieder beim Fenster stehen und blickt auf. Er schaut über den Park. Ich muß mich konzentrieren. Nicht auf den Baum, sondern auf das Gesellschaftsrecht, römisch zwei. Seite einhundertsiebenundfünfzig. Gesellschaftsauflösungen. Kochsalzlösungen. Alaunlösungen. Auflösen. Lösen. Erlösen. Befreien. Wie habe ich als Kind in der kleinen Kirche draußen am Land gesungen? Ich weiß, mein Löser lebt. Wie löst man eine Gesellschaft? Die Günther-Gesellschaft. Immer wieder suchen seine Augen draußen im Park den Lebensbaum. Den Lichterbaum. Den Strahlenden.

Münzing setzt sich wieder zum Schreibtisch. Jetzt konzentriert er sich. Er zeichnet ein Schema für das Gespräch am Nachmittag. Er überlegt seine Verhandlungstaktik. Wann und wo wird welches Argument eingesetzt. Er telephoniert. Ein befreundeter Wirtschaftstreuhänder. Ich weiß, sagt Münzing, den Günthers geht es furchtbar. Aber wie schlecht geht es ihnen wirklich? Vertraulich? Natürlich vertraulich. Ohne jede Preisgabe der Quelle. Selbstverständlich. Aber nein? Ist das denn möglich? Nicht einmal mehr bis zum Ersten? Keine einzige Bank mehr? Alles bezogen? Und wenn die Boden-Kredit nicht will? Dann können die keine Gehälter mehr auszahlen. Sehr gut. Ich danke dir. Hoffentlich kann ich mich bald erkenntlich zeigen. Münzing legt den Hörer weg, steht auf, geht nun wieder im Zimmer hin und her. Jetzt ist kein Baum mehr für ihn da. Er geht auf und ab, blickt dabei zu Boden. Ein harter, federnder Gang. Ein Löwe mit der Beute in Reichweite. Münzing bedenkt die letzten Details der Verhandlung. Für jede Entwicklung hat er vorgesorgt. Für jede Finte. Für jeden Sprung. Vorwärts oder zur Seite. Für jedes Täuschungsmanöver. Und schließlich für den Sieg.

Elf Uhr dreißig. Münzing telephoniert, diktiert Briefe, telephoniert wieder. Um zwölf Uhr fünfzehn geht er zum Mittagstisch. Eine kleine Restauration, zwei Gassen weit entfernt; mit italienischer Küche. Münzing sitzt im Garten; allein an einem kleinen Tisch. Man kennt ihn dort. Er ist ein bevorzugter Gast, der immer Zeit hat, der nie nach einem Preis frägt, der nie nachrechnet. Ein Kellner kommt. Schwarze Schuhe, schwarze Hose, weißes Hemd und schwarze Krawatte; ein weißes Jackett. Er verbeugt sich. Bitte sehr? Münzing bestellt zuerst Parmaschinken mit Melone. Dann Ossobuco und Karotten in Marsala. Nein. Danke. Keinen Wein. Ich muß am Nachmittag noch fit sein. Der Kellner geht. Münzing zieht den Pirandello aus der Seitentasche seines Sakkos. Ein kleines, schmales Bändchen. Auf dem Umschlag eingeprägt der Titel: Novellen für ein Jahr. Da ist keine Absicht dahinter. Nicht daß Münzing in italienischen Restaurants italienische Schriftsteller lesen würde, in Lokalen mit französischer Küche französische und in chinesischen Restaurants vielleicht gar chinesische. Nein. Es ist viel einfacher. Münzing liebt Pirandello. Er hat dessen Bücher zu Hause herumliegen, steckt hie und da eines in die Tasche; falls er Gelegenheit findet, ein wenig zu schmökern.

Während Münzing auf das Essen wartet, liest er »Die Häresie der Katharer«. Vor dem Schinken mit Melone leidet er mit Bernardino Lamis, dem brüskierten Professor für Religionsgeschichte. Vor dem Ossobuco und den Karotten genießt er die Flucht des Professors vor der Familie seines verstorbenen Bruders aus der eigenen Wohnung. Und vor dem Obstsalat, den Münzing zum Schluß noch bestellt, ist er dabei, wie der Professor im Hörsaal vor zwanzig Mänteln, von denen er in der herrschenden Dämmerung meint, es seien Studenten, seine Verteidigungsvorlesung über die Häresie der Katharer gegen den Theologen Hans von Grobler hält; sorgsam bewacht von seinem einzigen Schüler, der vor der Tür des Hörsaals steht und die Studenten, denen die Mäntel gehören, davon abhält, den verehrten Professor zu stören, zu desillusionieren, zu demütigen.

Münzing bezahlt. Er steht auf. Dreizehn Uhr fünfundvierzig. Um vierzehn Uhr bin ich im Büro. Um vierzehn Uhr dreißig kommen die beiden Günther und die Anwälte. Gut, alles ist vorbereitet. Münzing schlendert langsam den Gehsteig entlang. Wenig Straßenverkehr. Der beginnt erst wieder gegen vier Uhr stärker zu werden. Ob die zwei Günther Hilfe finden werden in ihren beiden Anwälten? Beim Pirandello hat dem Professor Lamis ein einziger Schüler genügt. Aber die Günther? Die waren zu groß. Die finden keine Freunde. Und wenn sie zehn Anwälte bringen. Ich brauche keinen einzigen. Ich werde die Schlacht allein schlagen; und allein siegen. Um vierzehn Uhr betritt Münzing sein Büro, trifft die letzten Vorbereitungen, ordnet zum letzten Mal seine Unterlagen.

3

Die Verhandlung

Das Haus Günther. Ein guter Name. Über Jahrhunderte hinweg. Jetzt ein Notverkauf. Wie könnte es anders sein bei einem Unternehmen, das zweihundert Jahre in denselben Händen war; oder noch ist. In den Händen der Familie Günther. Siebzehnhundertsechzig ist der erste Günther in die Stadt gekommen; ein Handwerksbursch auf der Wanderschaft. Und dann ist es wie in einer Bilderbuchgeschichte gewesen. Er ist bei einem Meister geblieben, hat die Tochter geheiratet. Damals sind die ersten großen Manufakturen eingerichtet worden. Es gab die ersten Großaufträge für das Handwerk. Günther spezialisierte sich auf die Herstellung von Werkzeugen. Bald war aus seiner Werkstatt eine kleine Manufaktur geworden. Sein Sohn hat später das erste Dampfmaschinengeschäft dominiert; nicht die Kesselerzeugung, aber die Maschinen. Und der ist damals auch gleichzeitig ins erste große Geschäft mit den mechanischen Webstühlen eingestiegen. Und so ging es weiter. Durch das ganze neunzehnte Jahrhundert hindurch. Von Erfolg zu Erfolg.

Von groß zu größer. Zweihundert Jahre in derselben Hand. Eine alte Familie. Aber sie ist zu groß geworden, zu weit verzweigt. Die Familie hat das Ende ihrer Entwicklung erreicht, und damit ist auch das Unternehmen zum Ende seiner Entwicklung gekommen. Vor hundert Jahren etwa war der Betrieb in höchster Blüte gewesen. Vierzehn Uhr zwanzig. In zehn Minuten soll die Verhandlung beginnen, bei der dieser Niedergang sein Ende finden wird.

Münzing sitzt jetzt auf einem der Stühle, die um den ovalen Tisch in seinem Zimmer stehen. Er blättert im Gesellschaftsrecht, römisch zwei. Kein Blick über den Park. Es gibt gar keinen Park. Kein Suchen des Baumes, des lebenstrahlenden Blütenbaumes. Es gibt jetzt keinen Baum für ihn. Und auch keinen Erdboden, kein Gras, und auch nicht den Geruch nach frischgeschnittenem Gras. Auch keine Erinnerung an Verena gibt es. Sein Gehirn ist jetzt mit Gedankenkonstruktionen angefüllt; mit abstrakten Gedankengebäuden: Gesellschaft mit beschränkter Haftung. Und Co. KG. Und wenn das KG. weg ist? Es kaufen ja Ausländer. Warum ohne KG.? Die können ja einsteigen. Gleich einsteigen. Wie in einen Zug. Und abfahren. Weiterfahren. Warum nicht? Wohin sie fahren? Ich bin doch nicht ganz fit heute. Ich weiß, daß ich nicht ganz fit bin. Wohin sie fahren? Das ist doch völlig uninteressant. Ich mache mir

Sorgen um Dinge, die mich überhaupt nichts angehen. Kaufe ich die Fabrik oder vermittle ich den Verkauf? Natürlich kaufe ich, aber für Dritte. Ich habe meine Provision, und die auf Erfolgsbasis. Je billiger das Unternehmen, desto mehr stecke ich ein. Und?

Vierzehn Uhr dreißig. Pünktlichst. Tatsächlich. Auf die Sekunde. Die Glocke. Günther und Günther sind unten. Wie aus unendlich weiter Ferne klingt eine Stimme aus dem Lautsprecher der Rufanlage, der auf Tillers Schreibtisch steht. Ein kleines graues Kästchen, oben mit einem silberfarbenen Gewebe bezogen. Tiller drückt auf die Taste an der Vorderseite des Kästchens. Ein Summton, und unten springt die Tür auf. Einige Millimeter nur. Tiller hört etwas Straßenlärm, dann das Schließen der Haustür. Günther und Günther sind im Stiegenhaus. Eine Minute später die Türglocke. Tiller öffnet, läßt die Herren eintreten. Tiller verbeugt sich. Guten Tag, Herr Günther. Guten Tag, Herr Günther. Tiller ist souverän. Kein Händeschütteln. Mit einer weit ausholenden Handbewegung lädt er die zwei Günther ein, abzulegen. Es ist nichts abzulegen. Einer der beiden, wahrscheinlich der ältere, trägt eine Aktentasche aus braun gefärbtem Leder. Altmodisch, aber wenn man das Beste kauft, dann hält es eben; Jahrzehnte hindurch. Tiller bittet sie weiter. Zu dritt gehen sie durch sein Büro; entlang der Fensterseite, an seinem Schreibtisch vorbei. Tiller klopft an der Tür zu Münzings Arbeitszimmer. Dieser öffnet. Günther und Günther treten ein.

Zwei ältere Herren. Vielleicht Mitte fünfzig, vielleicht Mitte sechzig; mit sehr bestimmtem Auftreten. Einer der beiden, etwas älter als der andere, ist Norbert Günther, der Seniorchef. Er trägt Brillen mit einer schmalen goldenen Fassung. Das verleiht ihm eine gewisse intellektuelle Note. Es ist aber eben nur eine Note. Norbert Günther ist Sportsmann; noch immer. Polo und Segeln. Er hat früher mit dem Prince of Wales gespielt. In England. Aber auch in Indien. Und gesegelt ist er mit dem griechischen König. Bei allen großen Rennen. Verwundert ist er nur, wenn jemand nach den Produkten der Günther-Werke fragt. Maschinen? Es gibt vielerlei Maschinen. Ach, Sie meinen die Fabrik? Ja. Davon lebe ich. Natürlich. Welche Art von Maschinen? Nun. Werkzeugmaschinen. Welche? Mein Gott. Da müssen Sie unsere Vertretung anrufen. Wie soll ich das wissen? Maschinen eben. Wir haben schon immer Maschinen erzeugt. Jawohl. Natürlich exportieren wir. Wir haben doch schon immer exportiert. Wohin? Ja, fast in die ganze Welt. Wo die Niederlassungen sind? Da müssen Sie bitte in der Werksleitung anfragen. Die dort wissen alles. Und Norbert Günther hat sich vor ein paar Tagen entschuldigen müssen. Bei der Rennleitung des Royal Yacht Clubs in Cowes. Leider. Etwas unangenehm. Unser Werk. Eine Kalamität. Tut mir leid. Im nächsten Jahr wieder. Und so ist Norbert Günther vor drei Tagen eingeflogen. Und hat sich zum ersten Mal seit vielen Jahren um sein Unternehmen gekümmert; kümmern müssen.

Erich Franziskus Günther ist ein Vetter Norbert Günthers. Er vertritt heute die zweite Linie der Günther-Familie. Er ist zweiter Seniorchef der Firma und gleichzeitig zweiter Geschäftsführer. Er ist etwas weniger gebräunt als sein Vetter Norbert und von etwas weniger elastischem Gang. Ohne Brillen. Schon Jahre hindurch ist Erich Franziskus Günther zweiter Geschäftsführer. Aber das ist für ihn ein Titel, mit dem er keinerlei Funktion verbindet. Zwei oder drei Besuche in der Geschäftsleitung pro Jahr, das genügte ihm vollauf. Erich Franziskus Günther hat Kunstgeschichte studiert und arbeitet als Privatgelehrter; als Kunsthistoriker. Fragt man ihn plötzlich, was denn das Unternehmen, dessen zweiter Geschäftsführer er ist, erzeuge, so kann auch er, aus seinen Gedanken aufgescheucht, nichts anderes antworten als: Maschinen. Maschinen eben. Wozu? Welcher Art? Ja, was gibt es denn da? Da müssen Sie bitte die Geschäftsleitung fragen. Genau wie sein Vetter ist auch Erich Franziskus Günther von bestechender Eleganz.

Die jahrelange Beschäftigung mit den schönen Dingen der Welt hat seine Züge geprägt. Während der Blick seines segelnden Vetters immer den Horizont zu suchen scheint, hat Erich Franziskus Günther die Gewohnheit, irgendwo im Raum einen Punkt zu fixieren, um dort sein Auge ruhen zu lassen. So, als ob er ohne Unterlaß irgendein ästhetisches Problem bedenke, meditiere, betrachte; oder irgendeine historische Begebenheit, die sich im Werk dieses oder jenes Malers in Haarlem oder Delft im sechzehnten oder im siebzehnten Jahrhundert widerzuspiegeln scheint.

Münzing begrüßt die beiden Herren. Alle drei bleiben stehen, plaudern ein wenig. Das Wetter. Der Blick über den Park. Erich Franziskus Günther schaut zu dem Bild an der Wand über dem kleinen Tisch mit dem Telephon. Drei Schritte, und er steht davor. Ein Heda! Tatsächlich, ein herrlicher, ein wunderschöner, ein ganz typischer Heda. Ich gratuliere Ihnen, Herr Münzing. Voll bezeichnet. Herrlich. Heda sechzehnhundertzweiunddreißig. Ich kenne ein Gegenstück dazu. Tatsächlich. Nur geringe Unterschiede. Das hängt in Köln im Wallraf-Richartz-Museum. Fahren Sie doch vorbei und schauen Sie es an. Eine wunderbare Sache. Aber Ihres ist schöner. Vielleicht auch etwas größer. In Köln liegt der Becher ein wenig anders. Mehr nach hinten. Und der Pokal mit Wein. Bei Ihnen ist er zu zwei Drittel leer getrunken. Dort nicht. Ein herrliches Bild. Was für ein Künstler, dieser Heda! Das Glas steht da, als ob es gerade jemand hingestellt hätte; als ob ein wenig vorher jemand noch daraus getrunken hätte. Die Zitrone liegt auf dem Teller, als ob sie vor wenigen Minuten aufgeschnitten worden wäre. Das Messer ist eben hingelegt worden. Der Becher; in diesem Augenblick ist er umgefallen. Alles ist Gegenwart auf diesem Bild. Ein großes Kunstwerk, Herr Münzing.

Vierzehn Uhr fünfunddreißig. Wieder der Summton aus dem Kästchen auf Tillers Schreibtisch. Unten am Haustor wird auf den Klingelknopf gedrückt. Die Anwälte. Wieder hört Tiller wie aus weiter Ferne: Hier sind Dr. Berger und Dr. Stein. Ich bitte einzutreten, sagt Tiller in das Mikrophon. Wieder drückt er die Taste an der Vorderseite des Kästchens. Wieder hört er etwas vom Lärm der Straße heraufdringen. Dann das Geräusch des Haustores, das ins Schloß fällt. Etwa eine Minute vergeht, und die Anwälte sind vor der Tür zum Büro. Tiller öffnet und grüßt. Die beiden Herren treten ein. Tiller ersucht, abzulegen. Nein? Nichts? Er führt die beiden durch sein Büro. Wieder an seinem Schreibtisch vorbei und an der Fensterwand entlang. Wieder klopft er an der Tür zu Münzings Arbeitsraum, öffnet diesmal aber, ohne ein Herein abzuwarten. Die Anwälte treten ein. Münzing kennt Dr. Stein.

Beide begrüßen einander. Dr. Berger und Münzing kennen einander nicht. Darf ich vorstellen: Mein Kollege Dr. Berger. Er vertritt Günther Zwei, während ich Günther Eins vertrete. Sicherlich wissen Sie, daß Herr Norbert Günther der Chef der Linie Günther Eins ist und Herr Erich Franziskus Günther der Chef der Linie Günther Zwei. Die Anwälte und die beiden Günther begrüßen einander. Münzing bittet, Platz zu nehmen. Dr. Stein geht aber zum Fenster. Lassen Sie mich eine Sekunde lang den Blick über den Park genießen. Fabelhaft. Wie sich die blühenden Bäume von diesem Meer von Grün abheben. Diese hohe Kastanie dort drüben. Fabelhaft. Ich beneide Sie um Ihr Büro, Herr Münzing. Sie sind ein Glückspilz. Die fünf Männer setzen sich. Münzing an der Schmalseite des ovalen Tisches, mit dem Rücken seinem Schreibtisch zugewandt. Links von ihm, mit dem Rücken zur Fensterwand, nehmen die beiden Günther Platz. Vielleicht will Erich Franziskus Günther den Heda vor sich haben? Rechts dann die beiden Anwälte. Vielleicht will Dr. Stein die blühenden Kastanien vor Augen haben? Münzing hat in diesem Augenblick nichts anderes vor sich als sein Ziel. Raschestens, womöglich in der nächsten Viertelstunde, den niedrigsten Preis zu erreichen, um den das Günther-Unternehmen erworben werden kann.

Münzing blickt in die Richtung, in der die beiden Günther sitzen. Er schaut keinen der zwei direkt an. Er blickt zwischen ihnen hindurch ins Leere. Meine Herren, Sie sind gekommen, um wegen der Weiterführung Ihres Unternehmens zu verhandeln. Sie kennen die allgemeine Wirtschaftslage. Nicht nur in unserem Land, sondern in der ganzen Welt. Sie kennen die Entwicklungen auf dem Stahlsektor und die Entwicklungen auf den Märkten für Halbfertigwaren. Würde ich die momentane Situation im Detail schildern, ich könnte Ihnen nichts Neues erzählen. Dr. Stein blickt gedankenverloren über den Park. Erich Franziskus Günther hat seine Augen auf den Heda gerichtet. Norbert Günther betrachtet interessiert und eingehend die manikürten und polierten Fingernägel seiner linken Hand. Wer weiß, ob die überhaupt zuhören? Einzig Dr. Berger hat ein Ohr für die Einleitung Münzings. Ahnt er, oder weiß er, wie gering das Wissen der beiden Günther um die Entwicklung auf dem Stahlsektor ist? Wie gering ihr Wissen um die Lage auf den Märkten für Halbfertigwaren ist? Weiß er, daß den beiden Günther trotz ihrer Positionen im Wirtschaftsleben jede Grundlage fehlt, Entwicklungen in der Industrie im voraus zu erkennen und dementsprechend zu handeln? Ich versichere Ihnen, daß ich mich glücklich schätze, in der Lage zu sein, Ihnen eine helfende Hand reichen zu können. Es ist mir gelungen, einen Interessenten für das Unternehmen Günther zu finden. Vielleicht den einzigen Interessenten, den es auf der Welt gibt. Sicherlich den einzigen in Europa. Herr Münzing! Was bietet der Mann, um einsteigen zu können? Herr Günther, antwortet Münzing, Sie sind ein bekannter Sportsmann. Beim Segeln großer Boote gewinnt nicht ein einzelner, sondern ein Team. Hier ist es nicht anders. Es gibt keine Einzelperson, die Ihr Unternehmen erwerben könnte und wollte. Meinen Anregungen folgend hat sich ein Konsortium schweizerischer Kaufleute zusammengefunden. Für diese Gruppe hoffe ich, wenn möglich, Ihr Unternehmen erwerben zu können. Was heißt hier erwerben? wirft Erich Franziskus Günther ein. Wir haben doch von Weiterführen gesprochen. Norbert Günther ist bereits ein wenig ungeduldig. Erich Franziskus! Bitte sei ruhig. Bitte schau weiterhin auf den Heda und gib Ruhe. Von dem Bild verstehst du wenigstens etwas. Weiterführen. Ja. Aber für neue Eigentümer. Weißt du nicht, daß wir verkaufen müssen? Haben euch die Anwälte das nicht gesagt?

Als nächster verliert Dr. Berger etwas von seinem in Fachkreisen bekannten Gleichmut. Was bei der Verhandlungstaktik, welche die beiden Günther an den Tag legen, durchaus verständlich ist. Aber bitte! Von einem absoluten Muß kann doch keine Rede sein. Dr. Berger sagt diesen Satz mit wenig Nachdruck. Er kennt Münzing zu gut, um nicht zu wissen, daß dem ohnehin alle Einzelheiten der jetzigen Lage des Günther-Unternehmens bekannt sein dürften. Meine Herren, setzt Münzing fort, bitte glauben Sie mir, daß es nicht leicht war, in keiner Weise leicht war, Interessenten für das Unternehmen Günther zu finden. Der Preis, der geboten wird, ist angemessen. Selbst wenn es andere Anbote geben sollte, kann es keine besseren geben. Dr. Stein ist aufgewacht. Er wendet seinen Blick weg vom Park und Münzing zu. Herr Münzing! Sie wissen, daß natürlich auch wir unsere Vorstellungen haben. Wir haben Schätzungen. Wir haben Prognosen. Aber bitte. Nennen Sie uns Ihr Angebot. Herr Münzing nennt eine hohe Summe. Allerdings lächerlich wenig, wenn man das Potential, das bei einer sachgemäßen Führung der Betriebe in dem Unternehmen steckt, ebenfalls mitberechnen würde. Dr. Berger legt seine Hände flach auf den Tisch, stemmt sich dann mit den Armen gegen die Tischplatte; so als ob er aufstehen wolle. Er bleibt aber sitzen. Norbert Günther betrachtet jetzt die Nägel der Finger seiner rechten Hand. Erich Franziskus Günther schaut nach wie vor auf den Heda. Dr. Stein blickt zur Tür, die in Tillers Büro führt. Ich bitte Sie, sagt Dr. Berger; was Sie bieten, Herr Münzing, das ist gerade der Preis für die Realität, für Grund und Boden; und für die Fabriksgebäude und die wichtigsten Einrichtungen. Jetzt interessiert sich Norbert Günther doch mehr für das

Verhandlungsgeschehen als für seine Fingernägel: Die Firma Günther ist doch eine Gesellschaft, die lebt. Diesen Satz richtet er an Münzing. Sofort wendet er sich aber Dr. Berger zu. Hilfesuchend. Nicht wahr, Herr Dr. Berger? Natürlich, Herr Günther, Ihre Firma ist ein Unternehmen, das lebt.

Mein Gott! Zwei Günther und zwei Anwälte. Ein ganzes Regiment von Lemuren könnte mich nicht nervöser machen. Die Firma lebt! Was wollen die denn? Vor zweihundert Jahren hat sie gelebt. Und vor hundert Jahren? Da war sie am größten. Aber da hat sie schon nicht mehr gelebt. Damals schon war keine Vitalität mehr in ihr. Von da an waren die alle nur noch Parasiten. Damals. Vor allem damals. Erst die Sieben-Tage-Woche, sechsmal davon der Zwölf-Stunden-Tag. Dann sind sie nach und nach dem Druck der Forderungen gewichen. Große Unruhe. Keine Kinderarbeit mehr? Jawohl. Schon damals waren sie nichts anderes als Parasiten. Und die reden von Leben. Ich sollte es hineinschreien in ihre hochmütigen Köpfe: Ihr habt überhaupt nie gelebt. Ihr habt immer nur vegetiert. Jede Mispel hängt würdiger an dem Baum, von dem sie saugt. Leben. Was lebt schon? Der Kastanienbaum heute früh im Park. Der lebt. Strahlend. Kraftvoll. Mächtig. Tausende, Zehntausende Blüten, Früchte. Zehntausendfach die Möglichkeit neuen Lebens. Wenn dieser Baum denken könnte? Er dächte nicht:

Baum. Er dächte immer nur: neues Leben. Die Richtung seiner Gedanken wäre: Weg von mir selbst. Mit all den Blüten und Früchten, die an mir sind. Weg von mir selbst. Um des Neuen willen. Seit hundert Jahren denkt die weitverzweigte Familie Günther umgekehrt. Immer nur: Wir! Zu uns her! Herein! Und das nennen sie Leben.

Einige Sekunden lang war es still gewesen im Raum. Jetzt sind Münzings Gedanken wieder ganz bei der Sache. Dr. Stein bricht das Schweigen. Herr Münzing, die Firma lebt. Und Sie bieten den Preis für ein totes Unternehmen, für ein stillgelegtes Unternehmen. Wenn Sie Ihr Angebot nicht verbessern können, dann legen wir eben still. Dann sperren wir zu. Melden den Ausgleich an. Bitte. Das geht auch. Und da wird mehr herausschauen für uns. Für Sie vielleicht, Herr Dr. Stein, aber nicht für die Familie Günther. Auch Münzing wird jetzt ungeduldig. Meine Herren! Natürlich biete ich indirekt mehr als die von mir genannte Summe. Was ich genannt habe, war der Kaufpreis. Bar. Aber meine Klienten wollen das Unternehmen weiterführen. Vielleicht mit anderen Schwerpunkten als bisher. Doch das ist jetzt nebensächlich. Meine Klienten sind bereit, den genannten Preis zu bezahlen und die Günther-Gesellschaft mitsamt ihren Verschuldungen zu übernehmen. Ich betone noch einmal: mitsamt den Schulden. Und Sie alle kennen die Größenordnung der Passiva der Firma Günther. Erich Franziskus Günther wagt einen zaghaft hervorgebrachten Satz: Trotzdem. Für ein Unternehmen, das lebt? Herr Günther, fährt Münzing fort, ich biete eine elegante Lösung. Eine vornehme Lösung. Ohne Aufsehen und ohne Verhandlungen vor Gericht. Ohne große Zeitungsmeldungen. Eine stille Übergabe. Die wird kaum zu bemerken sein. Die Würde der Familie Günther bleibt gewahrt. In jeder Beziehung. Es wird ein nahtloser, ein unauffälliger und eleganter Übergang sein.

Erich Franziskus Günther wendet sich seinem Vetter Norbert zu. Er zeigt, was eben gesellschaftliche Stellung ist, denn er scheint die Anwesenheit Münzings und der Anwälte vergessen zu haben. Er beginnt mit völliger Ungeniertheit zu sprechen; mit jenem Mangel an Scham, der es in vergangenen Zeiten dem Adel gestattete, sich in jeder Lage vor seiner Dienerschaft zu zeigen: sich zu entkleiden oder zu bekleiden, zu reden und zu leben. Wieso Scham? Vor einer Katze oder einem Hund geniere ich mich doch auch nicht. Heftig redet er auf seinen Vetter ein. Ich bitte dich, Norbert. Wovon sollen wir leben? Bei diesem Kaufpreis. Das frage ich dich. Wovon denn? Du kennst unsere Familien. Allein die Apanage der Daisy mit ihren sechs Kindern, jedes einzelne ebenfalls verheiratet. Und die Doris mit ihren vier Sprößlingen. Und auf deiner Seite. Die Mädy, die war doch fünfmal verheiratet, und jeder der Verflossenen bekommt etwas. Die Sissy. Was hat die bekommen bis jetzt. Ihre drei Söhne. Jeder einzelne hat wiederum ein paar Kinder. Und die Onkeln und die Tanten. Wenn wir den Kaufpreis aufteilen, hat jeder ein Butterbrot. Das geht doch nicht. Du verstehst doch? Zum Beispiel die Daisy. Die wird zur Hyäne. Die verfolgt uns bis zum Ende unseres Lebens. Das sage ich dir. Nie werden wir Ruhe haben. Mit ihren Augen gesehen, werden immer wir es sein, die es getan haben. Wir werden es sein. Wir werden der Daisy ihr Geld weggenommen haben. Da richtet sich, vielleicht zum ersten Mal in seinem Leben seiner Verwandtschaft gegenüber, der sportliche Norbert Günther auf. Das ist mir egal. Das kann ich dir sagen. Ich werde glücklich und zufrieden bis zu meinem seligen Ende leben. Das weiß ich. Ich werde genug haben. Und die Daisy und die Doris und die Herta mitsamt der Mädy und so weiter; ich sage dir, die können tun und lassen, was sie wollen. Nie in ihrem Leben haben die auch nur einen Finger gerührt für mich. Die sollen jetzt zusehen. Ich gehe meinen Weg. Aus und Schluß! Abgesehen davon; die sollen ihre Jagden verpachten; sich um ihre Gutshöfe kümmern. Die sollen merken, daß sie nicht nur zum Vergnügen auf der Welt sind. Die können doch auch etwas bringen. Ich werde für mich zu sorgen wissen. Du auch. Was willst du mehr?

Norbert Günther ist etwas außer Atem. Eine kurze Pause im Gespräch. Dr. Berger blickt zu seinem Kollegen Dr. Stein. Ein vielsagender Blick. Hochgezogene Brauen. Warum haben die uns mitgenommen? Wenn sie jetzt wie Elefanten auf den wenigen Möglichkeiten, mit etwas Besserem als dem Minimum aus dieser Verhandlung auszusteigen, herumtrampeln. Münzing schaut zum Heda. Diese zwei Günther haben doch ihre Qualitäten, denkt er. Das muß man ihnen lassen. Aufstehen können. Weggehen können. Ein Becher fällt um dabei. Bleibt liegen. Der Wein im Glas ist nur zur Hälfte getrunken. Und? Sie stehen auf und gehen weg. Ganz einfach. Einige Nüsse wären noch zu essen. Die interessieren sie nicht mehr. Sie stehen auf und gehen weg. Die Zitrone ist halb geschält, das Messer liegt daneben. Alles uninteressant. Es ist eben an der Zeit. Sie stehen auf und gehen weg. Während der vergangenen fünf Minuten sind sie zu Abenteurern geworden. Zwei neugeborene Abenteurer. Da ist ein Hauch vom Geist des alten Günther, der damals als erster ins Dampfmaschinengeschäft eingestiegen ist. Damals. Der das Neue gewagt hat. Der Neuland betreten hat. Plötzlich sehen sie auch aus wie Abenteurer. Unglaublich. Einige Minuten vergehen, und zwei andere Menschen sitzen da. Natürlich. Noch immer sehr elegant. Sehr vornehm. Sehr distanziert. Aber in ihren Augen liegt jetzt mehr als vor einer Viertelstunde. Kampflust.

Abenteuerlust. Wo ist die nächste Herausforderung? Jünger sind sie. Straffer. Das Tote ist von ihnen abgefallen. Sie leben.

Wieder ist es Dr. Stein, der die wenigen Sekunden der Stille durchbricht, die den Worten Norbert Günthers gefolgt ist. Meine Herren, es ist nicht mehr viel zu sagen. Herr Norbert Günther hat die Generalvollmachten der am Unternehmen beteiligten Mitglieder seines Familienzweiges. Und Sie, Herr Dr. Berger, haben seine Vollmacht. Sie, Herr Erich Franziskus Günther, haben die Generalvollmachten Ihrer zeichnungsberechtigten Verwandten, und ich habe Ihre Vollmacht. Wir können abschließen. Wir alle kennen die Lage. Sie ist trostlos. Das Unternehmen Günther hat seine vielfältigen Kreditmöglichkeiten ausgeschöpft. Das Management war nicht in der Lage, das Unternehmen über die Jahre aus einer Reihe von Krisen herauszuführen. Das neue Leben ist der Firma versagt geblieben. Herr Münzing hat die Lage ausgenützt. In besonderem Maße ausgenützt. Aber warum auch nicht? Ihren Worten, meine Herren Günther, habe ich entnommen, daß Sie akzeptieren. Die Verträge sind vorbereitet. Schließen wir ab.

Münzing steht auf. Er geht zur Tür, öffnet und ruft Tiller ins Zimmer. Dr. Berger und Dr. Stein geben ihm die vorbereiteten Verträge. Münzing instruiert ihn bezüglich der neueinzusetzenden Vertragspunkte und bezüglich der Geldbeträge und der Fälligkeiten. Tiller geht in sein Büro, setzt sich an die Maschine und schreibt. Die beiden Günther sind aufgestanden, gehen auf und ab, bleiben dann nebeneinander stehen. Sie blicken über den Park; hinaus ins Freie. Auch Erich Franziskus Günther. Auch er kehrt dem großen, dem herrlichen Heda-Stilleben den Rücken. Auch er blickt über die Baumkronen zum Horizont. Münzing schaut ihnen zu: wie zwei Seeleute stehen sie da und schauen hinaus, wie Steuerleute, die auf der Schiffsbrücke stehen und den Horizont absuchen. Ist Land in Sicht? Und wenn Land in Sicht ist, dann welches? Die beiden Anwälte sind sitzen geblieben, blättern in Akten. Münzing geht ins Büro zu Tiller. Schaut ihm einige Zeit beim Schreiben zu, kommt wieder zurück. Keiner der fünf Männer spricht. Münzing hatte Angst gehabt; vor einem Eklat, vor heftigen Diskussionen, vor allzu großen Aufregungen, vor Aufspringen und Hinausrennen und Wiederkommen, vor Beschimpfungen, vor Vorwürfen, eine Notlage auszunützen. Dr. Stein war ein wenig boshaft gewesen. Sonst? Nichts. Die Stille, die jetzt herrscht, ist keineswegs bedrückend. Im Gegenteil. Eine heitere, eine lockere und gelöste Stille ist das. Kein Schweigen, das um Vergangenes trauert. Nein. Ein Schweigen, das die Zukunft bedenkt. Positiv. Optimistisch. Ein draufgängerisches Schweigen.

Herr Tiller kommt mit den fertigen Verträgen. Er gibt sie Dr. Berger. Der sitzt ihm am nächsten. Dr. Berger liest sie, kontrolliert die Summen, zeichnet die Verträge ab und gibt sie seinem Kollegen Dr. Stein. Der kontrolliert ebenfalls und unterzeichnet anschließend. Münzing nimmt die Dokumente in Empfang. Er wendet sich zu den zwei Günther, die noch immer am Fenster stehen und über den Park schauen. Meine Herren! Darf ich Sie bitten! Zuerst wendet sich Erich Franziskus Günther um, geht zu ihm. Dann kommt Norbert Günther. Münzing sieht sie an. Bei Gott! Zwei Abenteurer. Plötzlich stehen zwei Landsknechte da, die gerade aufbrechen und in den nächsten Krieg ziehen. Oder zweimal Napoleon. Waterloo ist vorbei. Gut. Was muß nun getan werden? Erich Franziskus Günther nimmt die Feder, die ihm Münzing gibt. Er unterschreibt. Je einmal auf vier verschiedenen Dokumenten; zeichnet dann die Kopien ab. Er reicht Norbert Günther die Feder. Jetzt unterschreibt dieser. Dieselbe Reihenfolge. Norbert Günther gibt Münzing die Feder zurück. Der unterschreibt ebenfalls. Viermal. Dann die Kopien. Danach Händeschütteln. Herrlich. Kein Haß. Kein Groll. Ein denkwürdiger Zeitpunkt. Zweihundert Jahre Familiengeschichte sind abgeschlossen. Ein neues Kapitel beginnt. Die zwei Familien haben mit den Günther-Werken nichts mehr zu tun. Fünf Generationen hat die Verbindung der Günther mit einem Fabriksunternehmen überdauert. Jetzt ist sie zu einem sanften Ende gekommen.

Dann geht alles sehr schnell. Die beiden Günther fragen wegen der Termine der Zahlungseingänge. Die Anwälte sagen, daß das ohnehin im Vertrag geregelt sei. Die staatlichen Stellen hätten einem Kapitaltransfer schon zugestimmt. Ein Teil werde im Inland bezahlt. Ein Teil in der Schweiz. Dr. Berger und Dr. Stein stecken die ihnen zugedachten Kopien der Verträge in ihre Aktentaschen. Händeschütteln. Münzing begleitet die vier Herren durch Tillers Büro in den Vorraum. Er fragt, ob nichts abgelegt wurde. Sagt dann: Gut, Herr Tiller. Begleiten Sie bitte die Herren zum Aufzug und dann noch zum Haustor. Darauf nochmals Händeschütteln. Guten Tag, Herr Günther. Auf Wiedersehen, Herr Dr. Berger. Auf Wiedersehen, Herr Dr. Stein. Auf Wiedersehen. Tiller begleitet die vier. Zuerst über den roten Spannteppich, dann über den stahlgrauen Bodenbelag des Stiegenhauses. Der Aufzug. Das Haustor. Tiller verabschiedet die Herren. Er lächelt, blickt ihnen nach. Einer nach dem anderen verschwindet aus seinem Blickfeld. Tiller kehrt um, geht zurück ins Haus, zurück ins Büro. Münzing steht noch immer an der Tür und schaut auf den roten Teppichboden. Im ersten Moment glaubt Tiller, daß Münzing etwas verloren habe. Aber er begreift sofort, daß dieser nur seinen Gedanken nachhängt. Nicht ausschließlich frohen Gedanken. Tiller kennt Münzing gut. Münzing bemerkt Tillers Blick. Er geht ins Büro. Tiller kommt nach. Münzing bleibt bei Tillers Schreibtisch stehen. Er wartet, bis dieser kommt. Er schaut ihn an. Ein eigenartiger Blick. Münzing macht Schluß: Nun, Herr Tiller! Genug für heute. Sperren wir zu! Gehen wir!

4

Ein später Nachmittag

Münzing verabschiedet sich von Tiller. Bis morgen, Herr Tiller! Auf Wiedersehen! Münzing verläßt das Büro. Erst der rote Spannteppich im Gang, dann der stahlgraue Bodenbelag des Stiegenhauses und der Halle. Das Haustor. Die Straße. Nach rechts. Den Gehsteig entlang. Wieder ein Zeitungskiosk. Münzing kauft die zwei Abendblätter. Auch hier haben sie Taschenbücher. Hier führt man Rowohlt und Fischer. Aber Münzing hat ja seinen Pirandello in der Tasche. Er bezahlt die Zeitungen und geht weiter. Wenige Menschen sind zu sehen. In den meisten Büros und Werkstätten wird noch gearbeitet. Sechzehn Uhr, denkt er. Jene Zeit, zu der die Mütter mit den Kindern im Park sind. Mütter? Warum mir das gerade jetzt einfällt? Ob Verena je Kinder haben wird? Sicherlich nicht. Und warum will sie eigentlich nicht? Sind jene Prioritäten, die sie in ihrem Leben setzt, um so vieles wichtiger? Wir lieben einander. Warum will sie nicht heiraten? Aber bitte. Jetzt werde ich dieses Problem auch nicht lösen.

Münzing geht nun ganz langsam, denn es herrscht um ihn jene friedliche Atmosphäre, welche breite, gepflegte, sonnenbeschienene und wenig begangene oder befahrene Straßen der großen Städte vieler Länder an Sommernachmittagen oft ausstrahlen; eine gelassene und freundliche Ruhe, die gleichzeitig im Betrachter ein wenig gut gestimmte Trägheit hervorruft; gerade jenes Maß an Trägheit, dem sich Menschen ohne große Gewissensbisse eben noch hingeben können. Die Farbe des Asphaltbelages der Straße ist jetzt taubengrau. Die Sonne ist noch stark genug, um dieses helle freundliche Grau stellenweise mit einem flimmernden Goldgelb zu überziehen. Der Zeitungskiosk wirft eine dunkelblaue Schattenpyramide. Dann die Bäume auf der anderen Seite. Ein ganz leichter Wind bewegt die Blätter und erzeugt jene Wellenbewegung, die entsteht, wenn ein Gewässer geringer Tiefe von einem Lufthauch erregt wird. Dann gibt es große, violette, halbkugelförmige Flecken; die Schatten, die von den Bäumen auf die Straße geworfen werden. Die wenigen Automobile fahren langsam. Also spüren auch andere Menschen diese Nachmittagsstimmung. Eine Stimmung, die aufmerksamen und empfindenden Menschen jede Hast verbietet. Eine Stimmung, die einlädt, zu verweilen und zu betrachten, zu schauen und zu ruhen.

Münzing steht einige Zeit auf dem Gehsteig. Er beobachtet, wie die wenigen vorbeifahrenden Autos den dunklen Schatten, den sie auf die Straße werfen, mit sich ziehen. Jedem Fahrzeug schaut er nach; geht dann langsam zum Fußgängerübergang und überquert anschließend die Straße. Wie am Morgen wählt er den längsten Weg durch den Park. Münzing denkt nicht, ob er diesen Weg nimmt, weil er am Teich vorbeiführt, oder ob er ihn wegen der Kastanie wählt, wegen des Lichtes, wegen der Lebenskraft. Er bedenkt nicht, wieviel Zeit er hat, oder ob er sich am Teich auf einer der Bänke dort niedersetzen will. Andererseits weiß er auch nicht, daß er tief unten am Grund seiner Seele überlegt und entscheidet und nicht in seinem Kopf. Er vermeint nur zu reagieren, nicht frei zu handeln. Er hat den Eindruck, etwas zu tun, ohne das Für oder Wider dieses Tuns abzuwägen. Das ist ungewöhnlich. Normalerweise bedenkt Münzings Verstand vorstellbare Gegebenheiten. Er erwägt dies und das. Und hat er einmal seinen Verstand eingesetzt, und sei es auch nur wegen irgendeiner Kleinigkeit, so rechtfertigt er zumeist seine getroffene Entscheidung sich selbst gegenüber. Jetzt aber ist es anders. Der Weg, der am Teich vorbeiführt, ist Münzing in den Sinn gekommen. Wie? Das weiß er nicht. Er will es auch jetzt nicht wissen. Münzing verwendet keinen einzigen Gedanken, um seine Entscheidung zu begründen. Er geht ganz einfach weiter.

Da ist er. Der Baum. Die Lichtquelle. Hunderte Bäume gibt es im Park, aber nur eine einzige Lichtquelle. Jetzt ist der Baum aber ein anderer; ist nicht so, wie er am Morgen gewesen war. Jetzt ist das Licht, das er ausstrahlt, sanfter. Münzing bleibt stehen und schaut. Er schaut, um zu erfahren, woher das Licht kommen mag, das der Baum so offensichtlich ausstrahlt. Ein uraltes, lange verschüttet gewesenes und eben wieder bewußtgewordenes Wissen sagt ihm, daß er die Frage, woher das Licht komme, jetzt nicht bedenken dürfe. Daß er jetzt vielmehr schauen müsse, um es zu erfahren. Und Münzing schaut und sieht, daß das Licht aus der Erde kommt. Er sieht, daß der Baum das Licht mit jeder Faser seiner weitverzweigten Wurzeln aus dem Boden saugt. Er sieht, daß die braune Erde unter der Grasdecke nur einem blinden Auge dunkel erscheinen kann. Er sieht in diesem Augenblick, daß die Erde strahlt. Daß sie das Sonnenlicht, das sie immer wieder empfangen und gespeichert hat, zu manchen Zeiten wiedergibt. Jetzt zum Beispiel. Und das Strahlen, welches von den Wurzeln des Baumes gesammelt wird, das konzentriert sich im Stamm, verteilt sich durch die Äste und strömt zuletzt aus den Blüten. Es verströmt, gewandelt und reicher, heller und sanfter zum Himmel.

Münzing erinnert sich an seine frühe Kindheit. Er weiß jetzt genau – und ganz plötzlich weiß er es –, wie es damals war. Ja. Zu jener Zeit war es ihm eigentlich immer selbstverständlich, so sehen zu können, wie es ihm eben jetzt zu sehen vergönnt war. Münzing ist dankbar in diesem Augenblick. Er weiß zwar nicht, wem gegenüber er diese Dankbarkeit verspürt, aber das hat für ihn keine Bedeutung. Das bedenkt er nicht. Münzing ist dankbar, und das genügt zunächst. Er geht weiter, macht am Teich halt und setzt sich auf dieselbe Bank, auf der er am Morgen saß. Auch jetzt, am Nachmittag, hat er die Sonne noch immer hinter sich. Aber nun hinter seiner linken Schulter. Am Morgen war er anfangs allein an diesem Ort. Später kam dann die alte Frau. Jetzt ist seine Bank nur zufällig leer. Die Bänke ringsum sind fast durchwegs besetzt mit Müttern, die ihre Kinderwagen vor sich stehen haben. Auch einige alte Menschen sitzen da. Auf dem schmalen Wiesenstreifen zum Teich hin spielen Kinder. Zwei Sieben- oder Achtjährige sitzen im Gras. Ein drittes, etwa ebenso alt, läuft langsam um die beiden Sitzenden herum; immer wieder, unermüdlich im Kreis. Die zwei am Boden singen ein Kinderlied; eine schwermütige Melodie. Münzing hört zu. Er bemerkt, daß sich das dritte Kind im Rhythmus des Liedes bewegt. Nur wenige Meter beträgt der Abstand von diesen drei Kindern zu zwei anderen, zu zwei Mädchen, zehn oder zwölf Jahre alt. Die haben einen großen weißen Ball mit roten Streifen, die einander kreuzen. Der Ball sieht aus wie ein weißer Globus, auf dem die Meridiane und die Breitengrade rot eingezeichnet sind. Diesen Ball werfen sie einander zu. Wenn eines der beiden Mädchen den Ball nicht fangen kann, ihn zu Boden fallen läßt, dann muß es, zur Strafe sozusagen, auf einem Bein stehen. Solange, bis es den Ball beim nächsten Mal, unter erschwerten Umständen allerdings, gefangen hat.

Auch der Teich ist belebt. Vielleicht war es am Morgen noch zu kühl? Jedenfalls ist nun eine noch größere Menge von Wassergeflügel zu sehen. Offensichtlich ist gerade jetzt die richtige Zeit für eine Promenade. Niemand füttert. Trotzdem gibt es in der Nähe des Ufers ein Gewirr von Wasserhühnern. Es herrscht ein Treiben wie am Pausenbuffet in einem großen Theater. Und doch ist es anders hier. Die Tiere benehmen sich irgendwie würdevoller; auf eine natürliche Art vornehmer. Keinerlei Stoßen oder Gedränge. Jede Vogelart zieht schneller oder langsamer, jedenfalls aber ruhig und gelassen ihre eigene Bahn. Die Schwäne bleiben eher im Hintergrund. Schwimmend schreiben sie eine kleine Ellipse nach der anderen ins Wasser. Die chinesischen Gänse, genau wie am Morgen, halten sich in der Mitte des Teiches auf. Nur sind jetzt andere dazugekommen. Fünf oder sechs mögen es sein. Und genau wie am Morgen, so liegt auch am Nachmittag noch derselbe helle Himmel über der Stadt. Selten, daß die Luft tagsüber so rein bleibt. Der Wind ist den ganzen Tag hindurch sanft und zart gewesen. Vielleicht ist es die Beständigkeit des Wehens, die von Bedeutung ist? Da ist heute immer Bewegung in der Luft gewesen. Da wird es eben nie notwendig, rein zu fegen. Die schwache, aber stetige Luftbewegung hat jede Verschmutzung unmöglich gemacht.

Münzing sitzt nun schon einige Minuten auf der Bank am Teich. Jetzt wirft er einen Blick in die Abendzeitungen. Aber wenige Augenblicke nur, und er legt diese wieder beiseite. Er zieht den Pirandello aus der Tasche und blättert darin. Alles schon gelesen. Manche der Erzählungen sogar mehrmals. Er schaut ins Inhaltsverzeichnis und schlägt dann eine bestimmte Seite auf. »Gewisse Pflichten.« Aber die Erzählung vom obrigkeitsgläubigen und betrogenen Laternanzünder reizt ihn nicht. Er blättert weiter. Gegen Ende des Buches findet er schließlich etwas, das ihn mehr interessiert. »Ein Volksfreund.« Die Erzählung von Bombolo, dem Volksfreund, der versucht, durch Viehdiebstahl und Verteilen des Erlöses an unterbezahlte Landarbeiter einen gerechten finanziellen Ausgleich zwischen Besitzenden und Besitzlosen herbeizuführen. Er scheitert aber am Ende. Münzing beginnt zu lesen. Er tut es unaufmerksam. Da er die Geschichte kennt, überblättert er hie und da eine Seite, verweilt dann länger bei Szenen, die ihn innerlich berühren. Wenn Bombolo tobt, zum Beispiel. Bei dessen Wutausbrüchen. Das ist natürlich. Denn Münzing ist ein Mensch, der, bedingt durch seine charakterlichen Veranlagungen, nicht toben kann. Der, wenn er in Wut gerät, dies nie zeigen würde. Was er zeigt, ist immer eine perfekte Fassade. Münzing kommt zum Ende der Geschichte. Der enttäuschte Bombolo verläßt das Land, dessen Menschen noch nicht gelernt haben, Maß zu halten, Gerechtigkeit walten zu lassen. Bombolo verläßt Sizilien: »Zwei Tage später hatte er seine Habseligkeiten geordnet, begab sich zum Hafen hinunter und schiffte sich auf einer griechischen Brigg nach der Levante ein.« Ende. Münzing klappt das Büchlein zu und steckt es in die Tasche. Er schaut zuerst über den Teich, dann über die Baumkronen im Hintergrund, schließlich zum Himmel. Klares Blau. Vereinzelt kleine weiße Wölkchen. Münzings Blick kehrt zum Teich zurück. Er verweilt bei den chinesischen Gänsen, die noch immer in der Mitte des Teiches ihre Kreise ziehen. Immer wieder.

Sechzehn Uhr fünfundvierzig. Münzing steht auf. Er klemmt die Zeitungen unter den linken Arm und blickt zurück zur Bank. Nichts vergessen? Nein. Nichts am Boden? Nein. Münzing geht langsam über die Kieswege. Er begegnet einigen Menschen, die sehr schnell unterwegs sind. Menschen, die wahrscheinlich vom Arbeitsplatz nach

Hause eilen. Zu ihrem Mann? Zu ihrer Frau? Oder nur, um zu Hause zu sein? Um aufzuräumen? Etwas zu erledigen? Jedenfalls haben sie ein Ziel, dem sie zueilen. Und möge es auch nur ein banales Ziel sein. Eine Wand ist zu tapezieren. Eine Mahlzeit ist zu bereiten. Oder es muß einfach eingekauft werden. Teller und Besteck müssen gewaschen werden. Sie haben jedenfalls ein Ziel. Dem eilen sie entgegen. Auch die Mütter mit den Kinderwagen sind jetzt am Heimweg. Sie gehen weniger hastig, aber auch sie sind zielstrebig unterwegs. Die Kinder müssen gebadet werden, müssen zu essen bekommen, müssen zu Bett gebracht werden. Dann kommt der Ehemann nach Hause. Das Abendessen. Plaudern. Vielleicht ein Spaziergang nachher. Wenn jemand auf die Kleinen aufpaßt. Ein Ziel. Die Kinder werden größer. Dann die Enkel. Ein zweites Ziel. Und vom einen zum anderen fortschreitend merken sie, daß es weitergeht. Daß Leben sinnvoll sein kann. Auch wenn der Sinn für sie nur im Weitergehen liegen möge. Über Generationen hinaus. Und Verena? Wie ist das bei ihr? Sie will nicht heiraten, und sie will keine eigenen Kinder. Lehnt sie das alles wirklich nur ab, um nicht Menschen um sich zu haben, zu denen sie »mein« sagen muß?

Das Ende des Parks. Münzing steht an der Straße. Derselbe Fußgängerübergang wie am Morgen. Dann am Zeitungskiosk vorbei. Dieselbe Zeitungsverkäuferin. Er blickt im Vorbeigehen zu ihr hin. Den ganzen Tag da drinnen zu sein? Sie kann es offenbar ertragen. Wenn es besonders warm ist, und es ist gleichzeitig wenig zu tun, dann sitzt die Frau auf einem Sessel neben dem Kiosk und liest ein wenig. Oder sie strickt oder häkelt. Eigentlich trotz allem ein beschauliches Leben. Ein anspruchsloses Leben. Und dabei ist sie immer freundlich. Mitte vierzig muß sie sein. Ob sie wohl verheiratet ist? Oder mit einem Freund lebt? Oder mit einer Freundin? Oder allein? Münzing geht langsam den Gehsteig entlang und blickt in die Schaufenster der Geschäfte. Manchmal bleibt er stehen. Herrenmoden. Die Krägen werden wieder schmäler. Die Krawatten werden ebenfalls entsprechend schmäler. Hosen werden weiter. Münzing verweilt bei einem Hemd. Er überlegt ein wenig. Eine herrliche braunrote Seide. Aber wozu?

Siebzehn Uhr. Münzing steht vor dem Haus, in dem er wohnt. Er sperrt auf, geht hinein, geht zum Aufzug und drückt eine der Tasten. Diejenige, unter der UP steht. Jetzt ist es plötzlich wieder, wie es am Morgen war. Was Münzing über die Jahre kaum je bemerkt hat, fällt ihm heute auf. UP. Häßlicher geht's ja nicht mehr. Warum nicht das fröhliche HINAUF? Oder zumindest das unternehmungslustige AUFWÄRTS? Der Aufzug kommt. Münzing steigt ein. Er drückt, von unten gezählt, den vierten Knopf. Da muß man zählen. Da wurde auf die Numerierung vergessen. Oder waren die Ziffern nur aufgemalt auf den Tasten? Wurden sie durch den Gebrauch weggerieben? Drittes Stockwerk. Münzing steigt aus. Er sperrt die Wohnungstür auf und geht durch den Vorraum. Leer. Tote Möbel. Tote Teppiche. Er betritt den Salon. Dasselbe. Tote Einrichtungsgegenstände. Tote Dinge. Niemand ist da. Natürlich! Was will ich denn? Ich wohne doch allein hier. Ruhig und zufrieden und glücklich. Münzing zieht sein Sakko aus und hängt es über einen Stuhl. Er streckt sich, gähnt, geht zum Telephon. Er wählt. Wartet.

Hallo! Verena! Ja! Die Stimme Verenas. Und Münzing ist im nächsten Augenblick wieder so, wie er immer war. Ich begrüße dich. Natürlich! Ich bin es. Ja, zu Hause. Wieso zu Hause? Ich habe doch heute nachmittag die Verhandlung wegen des Verkaufes der Günther-Fabriken gehabt. Ja. Alles bestens. Ganz toll, sag' ich dir. Die Schweizer werden zufrieden sein. Jawohl. Und ich? Ich bekomme die größtmögliche Provision überhaupt. Für den niedrigsten Preis die höchste Provision. Jawohl. Du hast recht. Ein kleines Vermögen. Wie bitte? Wann ich genug haben werde? Du! Wenn es so leicht verdient ist, wie kann man da widerstehen. Aber nein. So leicht auch wieder nicht. Und dann ist der Herr Tiller da. Alle möglichen anderen Spesen. Was? Ja. Natürlich will ich dich sehen heute. Ein wenig feiern. Ist doch eine schöne Sache gewesen. Nicht wahr? Wie? Du hast keine Zeit? Heute abend? Wieso denn? Zur Tante Klara? Du mußt zur Tante Klara? So ein Unsinn. Gerade heute? Das ist schon lange besprochen? Sie ist alt. Gut. Aber sie ist doch nicht so alt, daß man nicht absagen könnte. Unmöglich? Na ja. Was mache ich dann heute abend? Nein. Müde bin ich nicht. Zu Hause bleiben kommt überhaupt nicht in Frage. Wohin? Oper? Natürlich. Du weißt doch, daß ich gerne gehe. Was ist denn heute am Programm? Fidelio? Warum nicht. Durch die Treue einer Frau aus dem dunklen Kerker ins Licht des Tages. Warum nicht? Gut. Also bis morgen. Da ist der Abend dann fixiert. Ja. Da gehen wir essen. Nachher? Das lassen wir offen. Nicht wahr? Gut. Also viel Erfolg bei Tante Klara. Auf Wiedersehen.

Münzing legt den Hörer auf den Apparat, überlegt einige Sekunden, hebt neuerlich ab und wählt die Nummer seines Kartenbüros. Für heute abend. Jawohl. Gut. Nein, nur eine Karte bitte. Vierte Reihe Parkett? Gut. Ich komme zur Abendkasse. Bitte die Karte dort zu hinterlegen. Von meinem Konto abbuchen. Jawohl. Münzing. Danke sehr. Auf Wiederhören. Er legt auf. Gut. Alles in Ordnung. Er geht zu einem der Polstersessel und setzt sich. Er lehnt sich zurück und schaut über den Park. Genau wie in seinem Büro. Auch von hier blickt er über die Wipfel der Bäume. Münzing streckt die Beine weit von sich. Er fühlt, wie ihn der Polstersessel aufnimmt, wie er ihn umfängt. Er freut sich auf den Abend in der Oper. Vierte Reihe. Das sind noch die guten Fauteuils. Münzing ist zufrieden. Er stellt sich vor, wie er sich auch dort zurücklehnen wird, die Musik genießen wird.

Eine gute Idee ist das, heute abend in die Oper zu gehen. Die Verena hat immer gute Einfälle. Sie ist eine Person, die die Zeit, die ihr zur Verfügung steht, auf jeden Fall optimal ausnützt. Mein Gott. Eigentlich liebe ich sie sehr. Und sie mich doch auch. Warum sie dann nicht heiraten will? Ist es wirklich nur das Mein-Sagen-Müssen, das sie abschreckt? Mein Mann? Meine Kinder? Aber daß sie keine Ehe eingehen will, das ist ja noch einzusehen. Da hat sie vielleicht doch recht. Es ist gar nicht so lange her, daß ich das Thema wieder einmal angeschnitten habe. Und sie hat gesagt: Wir leben getrennt. Jeder lebt in seiner Wohnung. Aber sonst? Leben wir nicht ohnehin wie Menschen, die verheiratet sind? Und ich mußte ihr recht geben. Wir verbringen mehr unserer gemeinsamen Freizeit miteinander als so manche Ehepaare. Das ist aber nur solange möglich, als es keine Kinder gibt, habe ich zu ihr gesagt.

Münzing steht plötzlich auf und geht zum Fenster. Er blickt hinunter zur Straße. Natürlich. Ich habe mich nicht geirrt. Dieser Lärm kam von einem Zusammenstoß. Gleich vier Automobile sind ineinander verkeilt. Aber offenbar gibt es keine Verletzten. Münzing setzt sich wieder. Wo war ich? Bei den Kindern. Ich weiß schon. Sie will keine Kinder bekommen. Das ist der springende Punkt. Wie oft habe ich versucht, mit ihr dieses Thema auszudiskutieren. Jedesmal sagte sie nichts anderes als: Kinder sind nicht jedermanns Sache, und Schluß. All die Jahre, die wir einander kennen, hat sie ihre Meinung in keiner Weise geändert. Eigenartig. Und ich liebe sie trotzdem. Und sie liebt mich. Sehr sogar. Aber wie steht es denn mit mir? Will ich denn tatsächlich das alles? Will ich eine Ehe und Kinder? Oder tue ich nur so, weil das eben der Normfall ist? Weil fast jeder heiratet und Kinder hat? Mit welcher Selbstverständlichkeit ich das denke: Kinder haben. Vielleicht ist das doch der Grund ihrer Ablehnung? Glaubt denn gewöhnlicherweise nicht jede Frau, daß die Kinder, die sie geboren hat, ihr gehören? Vielleicht ist es doch das, wovor sie sich fürchtet? Ob ich versuchen soll, noch einmal mit ihr darüber zu sprechen? Mein Gott. Ich sitze da und lasse die Zeit an mir vorbeigehen. Ich muß doch in der Schweiz anrufen. Siebzehn Uhr fünfzehn. Also rasch.

Münzing steht auf und geht wieder zum Telephon. Es ist schon fast Abend. Da ist es um vieles leichter, ins Ausland durchzukommen. Sofort ist auch die Verbindung in die Schweiz da. Münzing spricht mit jenem Anwalt in Genf, der das Konsortium vertritt, welches die Günther-Werke gekauft hat. Jawohl. Ein voller Erfolg. Sie bekommen die Verträge in einigen Tagen. Nein. Nicht mit der Post. Bitte? Natürlich könnte ich sie mit der Post senden. Aber es ist doch eine eher wichtige Sache. Herr Tiller, mein Sekretär, muß Anfang nächster Woche nach Basel. Da kann er auch bei Ihnen in Genf vorbeikommen. Jawohl. Die Betriebe arbeiten weiter. Man muß den Kapitaltransfer abwarten. Sonst macht alles die Boden-Kredit-Aktiengesellschaft. Gut. Wie wird gezahlt? Meine Konten? Ja. Die liegen bei Ihnen auf. Eines in Zürich. Ein zweites hier. Ich danke Ihnen bestens. Auf Wiederhören.

Münzing legt den Hörer auf. Zufrieden blickt er um sich. Plötzlich fühlt er sich wieder wohl in seinem Wohnzimmer, in seinem Salon. Jeder andere, der bis jetzt eintrat, fühlte sich ebenfalls wohl. Jeder zumindest, der noch nicht zu sehen vermag, wie tot tote Dinge sein können. Wie absolut tot. Fast jeder, der eintrat, verspürte hier im Raum ein Gefühl des Geborgenseins. Klassische persische Teppiche auf dem Boden. Teppiche, vollgefüllt mit bunten Blumen. Ein mit dunkelbraunem Samt überzogenes Kanapee steht in der Mitte des Raumes. Drei Polstersessel bilden zum Fenster hin mit dem Sofa zusammen einen kleinen Kreis. In der Mitte dieses Kreises ein Tisch. Vor dem Fenster Grünpflanzen, die in großen Töpfen auf dem Boden stehen. Die Wand gegenüber den Fenstern ist voll mit Büchern. Neben der Tür zum Vorraum steht ein etwa ein Meter hoher Kasten, ein Meter tief und etwa zwei Meter breit, mit schmalen Laden. In diesem Schrank bewahrt Münzing die Aquarelle auf. Seine Sammlung. Bis auf weiteres jedenfalls. An der Wand gegenüber ein Plattenspieler. Daneben eines der größeren Geräte zum Abspielen von Tonkassetten. Er hört gerne gute Musik und kauft häufig, ja zu manchen Zeiten sogar leidenschaftlich, Schallplatten oder bespielte Tonkassetten.

Münzing geht quer durch den Salon; wieder hinaus in den Vorraum, dann die erste Tür rechts. Eine winzige Küche. Im Gegensatz zu vielen anderen Junggesellen ist Münzing kein Amateurkoch. Nie in seinem Leben hat er auch nur eine Mahlzeit zubereitet. Daher ist diese Küche völlig steril. Sie sieht aus wie eben vom Möbelhändler geliefert. Fast unberührt. Nicht einmal eine Kaffeemaschine ist zu sehen. Einzig eine Teekanne steht auf einer Elektrokochplatte. Außer Tee wird hier nichts zubereitet. Münzing nimmt die Kanne, füllt sie mit Wasser, stellt sie wieder auf die

Kochplatte und schaltet den Strom ein. Fünf Minuten später kocht das Wasser. Ein Säckchen Tee. Eine Tasse. Fertig. Kein Zucker. Keine Zitrone. Münzing liebt es, Tee pur zu trinken. Bitter. Er nimmt die Tasse, trägt sie zum Tisch in den Salon und stellt sie sorgfältig auf eine kleine Korkplatte. Dann geht er zu den Bücherregalen und nimmt das Fidelio-Textbuch heraus. Ein kleines, dünnes Papierbändchen. Universal-Bibliothek. Verlag von Philipp Reclam jun. Opernbücher, dritter Band. Leipzig. Zwanzig Pfennige oder vierundzwanzig Heller. Ein Heftlein aus der Zeit der Jahrhundertwende. Münzing setzt sich. Er schlägt auf. Die Einleitung: Beethovens Kindheit. »Die strenge Zucht des mürrischen Vaters bannt ihn ans Klavier.« Ein wenig später. Beethoven als Republikaner. Eine Stellungnahme. »Nach Napoleons Krönung zum Kaiser liegt die Symphonie mit zerrissenem Titelblatt am Boden, um später als sinfonia eroica zu erscheinen.« Was hat das mit dem Fidelio zu tun? denkt Münzing. Eigenartig. Wie teutsch man damals war. »Stets wird man in dem Fidelio ein ganzes Werk deutscher Kraft, Gemütstiefe und Eigenart bewundern. Das Hohe Lied der Gattenliebe. Von einem Genius, der so recht ein Urbild deutschen Volkscharakters ist.« Mein Gott! Waren das Zeiten, da so etwas geschrieben werden konnte. Und am Schluß kommt man auf Seite elf auch noch auf jenen erhabenen Schauer zu sprechen, der jeden echt deutschen Menschen bei der Erinnerung an Ludwig van Beethoven zu überkommen hat.

Münzing widmet sich jetzt dem Text. Ort der Handlung: ein spanisches Staatsgefängnis. Spielzeit: Zwei und eine halbe Stunde. Münzing überblättert den Dialog zwischen Jaquino und Marcelline. Kurz danach die erste Arie: »Die Hoffnung schon erfüllt die Brust, mit unaussprechlich süßer Lust; wie glücklich will ich werden!« Dann Rocco, die Goldarie: »Das Liebchen im Arme, im Beutel das Gold, so möget ihr viele Jahre durchleben. Das Glück dient wie ein Knecht für Sold.« Naja. Wie viele Menschen da wohl zustimmen? Aber sonst ist das doch auch noch aktuell. »... daß in den Staatsgefängnissen mehrere Opfer willkürlicher Gewalt festgehalten werden. Suchen sie sich sicherzustellen.« Münzing blättert weiter. Seite dreiunddreißig: »O welche Lust, in freier Luft, den Atem leicht zu heben.« Von da an liest Münzing langsamer, sorgfältiger. Zweiter Aufzug. »Gott! Welch Dunkel hier! O grauenvolle Stille! Nichts lebet außer mir.« Und weiter Florestan: »Euch werde Dank in bess'ren Welten.« Glaubt er wirklich, daß diese Welt gut ist? Und andere noch besser? Oder meint er, diese ist schlecht und andere Welten sind gut? Münzing liest jetzt wieder schneller. Da ist schon der Schlußchor: »Gerecht, o Gott, ist dein Gericht, du prüfest, du verläßt uns nicht.«

Münzing legt das Büchlein weg. Er beugt sich vor und trinkt den Tee. Der ist inzwischen kalt geworden. Nach der Lektüre des Textbuches zweifelt Münzing an der Richtigkeit seiner Entscheidung, heute abend den Fidelio in der Oper zu hören. Aber es ist zu spät. Die Karte liegt an der Kasse. Schluß. Ich gehe. Man sollte Textbücher nur zur Musik lesen. Er blickt auf die Uhr, die zwischen den Büchern auf einem der Regale steht. Ein Viertel nach sechs. Eine ganze Stunde habe ich mit dem Textbuch vertan. Höchste Zeit, wenn ich nicht hetzen will. Münzing steht auf und geht ins Schlafzimmer, in dem sich auch der Schrank mit seiner Wäsche und den Anzügen befindet. Er wählt einen einfachen dunkelgrauen. Nicht sehr phantasievoll. Im Gegenteil. Unauffällig. Dazu eine dunkle Krawatte. Völlig uninteressant kleide ich mich. So unfaßbar dezent. Warum nicht noch dunkler? Warum nicht schwarz? Wie ein Totengräber. Das würde zur Oper passen.

Münzing hat sich umgezogen. Er geht wieder in den Salon und blickt zum Fenster hinaus. Der Park. Er sucht den Baum. Er findet ihn nicht. Der ist zu weit weg. Der wächst ja nahe dem anderen Ende. Daß eine volle Wohnung so leer sein kann? Eine eigenartige Stimmung. Das Glück dient wie ein Knecht um Sold? Sicher nicht. Sonst müßten mich die Dinge, mit denen ich mich umgeben habe, glücklicher machen. Oder das Geld. Das aber auch nicht. Natürlich nur, wenn man genug hat. Wenn das Weiterverdienen zur Herausforderung geworden ist. Wenn das Noch-Reicher-Werden zu einem Leistungssport geworden ist; zu einer Sportart, bei der man nur noch kämpft, um zu siegen. Alles andere hat seine Bedeutung verloren. Ausschließlich eines ist wichtig: weiterkämpfen. Und wenn man den toten Dingen, mit denen man sich umgeben hat, kein einziges mehr hinzufügen kann. Auch dann noch: weiterkämpfen.

Münzing tritt in den Vorraum und poliert mit einem gelben weichen Tuch die schwarzen Schuhe, die er trägt. Er geht aus der Wohnung, versperrt die Eingangstür und horcht, wie sich mit einem leisen Klicken die Alarmanlage einschaltet. Er verläßt das Haus. Er wendet sich nach rechts und sucht ein Taxi. Er findet keines und beschließt, zu Fuß zu gehen. Er hat ja noch genug Zeit, fast eine halbe Stunde. Die Vorstellung beginnt um neunzehn Uhr. Münzing ist aber gerne etwa eine Viertelstunde vor Beginn im Theater, um ohne Hast seinen Platz zu finden, um ohne Hast im Programm lesen zu können, um sich vor Beginn auch noch zu entspannen. Er geht gemächlich. Wenn auch an manchen Kreuzungen weit und breit keine Fahrzeuge zu sehen sind, wartet er trotzdem auf das Grünlicht, das ihm das Überqueren der Straße gestattet. Um achtzehn Uhr vierzig kommt er zum Opernhaus, holt seine Karte von der Abendkasse ab, geht zur Haupttreppe und steigt hinauf. Zu beiden Seiten die großen Kerzenleuchter. Jetzt natürlich elektrisch installiert. Schöner, alter Metallguß. Frauengestalten, fast unbekleidet, halten die Leuchter. Münzing betritt den Zuschauerraum. Er kauft ein Programmheft. Der Platzanweiser zeigt ihm seinen Sitz. Münzing bleibt noch ein wenig im Seitengang stehen.

Der Zuschauerraum füllt sich langsam mit Menschen. Münzing merkt, daß ihre Gegenwart auf ihn eine wohltuende Wirkung ausübt. Je mehr Leute in den Raum kommen, je mehr steigt sein Wohlbefinden. Es ist gut, daß ich da bin. Ich brauche heute abend Menschen um mich. Er geht jetzt in die vierte Sitzreihe zu seinem Platz. Er setzt sich und blättert im Programmheft. Wieder eine gelehrte Abhandlung über das ewig junge Problem der Reihenfolge der Entstehung der verschiedenen Fidelio-Ouvertüren. Dann ist das Orchester plötzlich vollzählig versammelt. Der Dirigent kommt. Applaus. Wie Münzing es sich vorgestellt hat, so lehnt er jetzt in seinem Polstersessel. Der Raum wird langsam dunkel. Dann die Musik.

5
In der Oper

Dann die Musik. Am Anfang unsere Welt. Wie wir sie bereiten. Was wir aus ihr machen. Wie sie ist. Wie sie wird, weil wir sie prägen. Durch unser Tun. Vorerst eine kalte Welt, welche die gedankenlose Grausamkeit spiegelt, der wir fähig sein können. Dann der erste Blick hinaus. Andere Welten sind zu erkennen. Wenn auch nicht für jeden, so doch für den, der sehen, der erkennen will; für den, der bereit ist. Die Freude des Eintretens. Das Herz schlägt schneller. Das neue Land. Die ersten Schritte. Dann aber gleich weiter. Vorwärtsdrängend. Dann strahlend und sieghaft. Wie der Baum. Münzing ist ganz ruhig geworden. Er verweilt auf Wiesen und in Wäldern. Er steht auf einem hohen Berg und überblickt das Land. Wie er schon oft über den Park geblickt hat. An einem der Fenster seiner Wohnung stehend oder von seinem Büro aus. Jetzt aber die neuen Wiesen und Wälder. Noch fremd in ihrer Andersartigkeit. Aber schon geht es weiter. Weiter hinein ins neue Land. Plötzlich öffnet sich der Vorhang.

Das erste Duett. »Was kann ich denn dafür, daß ich ihn nicht mehr so gerne wie sonst haben kann. Da kam Fidelio in unser Haus, und seit der Zeit ist alles in mir und um mich verändert.« Immerhin. Eine sichtbare Ursache. Fidelio. Ein Mensch ist gekommen. Aber wenn die sichtbare Ursache fehlt? Wie verrückt ist man dann? Gleich geht es weiter. »Wenn sich alles in mir und um mich verändert? Meinst du, ich könnte dir nicht ins Herz sehen?« Dann das Quartett. »Mir ist so wunderbar.« Wer kann heutzutage noch so reden? Aber dann vergißt Münzing den Text. Er hört nur noch den Zusammenklang der Worte mit der Musik. Mit Musik, die nicht bleibt. Mit Musik, die weiterführt. Und dann ist Rocco da. »Wenn sich Nichts mit Nichts verbindet, ist und bleibt die Summe klein.« Aber nicht nur beim Geld. Und weiter. »Hab immer Mut, dann wird's auch dir gelingen, das Herz wird hart durch Gegenwart, bei fürchterlichen Dingen.« Aha. Aus der Einleitung zu dem Management-Seminar für junge Führungskräfte auf Schloß Hausenblas, erster Teil. Ein wenig später. »Nur auf der Hut, dann geht es gut.« Interessant, wie rasch sich alles entwickelt. Das ist ja schon der Stoff des Teiles zwei, Management für junge Führungskräfte.

Die Soldaten. Die Stützen der Gesellschaft. Ein heiterer Marsch. Fröhlich schreiten die Soldaten aus. Fröhlich für den, der den Anblick mit

Gleichmut ertragen kann; der sich sicher fühlt, wenn Soldaten marschieren. »Die Rache werd' ich kühlen, in seiner letzten Stunde, den Stahl in seiner Wunde, ihm noch ins Ohr zu schrei'n: Triumph! Der Sieg ist mein.« Seminar, Schloß Hausenblas, dritter Teil. Und das Volk staunt und meint: »Wie wichtig muß es sein.« Und bitte, sagt der Kursleiter, keinen Augenblick zu säumen. Dann die schöne Einleitung zum Seminar, Teil vier. Rocco wird bestochen. »Dir wird ein Glück zuteil, du wirst ein reicher Mann, wir dürfen ja nicht säumen, dem Staate liegt daran.« Natürlich. Nur keine Angst. Es geht ja schon weiter. »Ihn töten heißt ihn retten.« Nicht wahr? Aber jetzt hat sie sich eingeschlichen. Heimtückisch eingeschlichen. In ein so schön geschlossenes System hat sie sich eingeschlichen. Der Menschlichkeit Stimme. »Rührt nichts mehr deinen Tigersinn?« Meinen Tigersinn? Ich bitte Sie! Darf ich Sie erinnern. Ich bin Seminarleiter hier. Für junge Führungskräfte. Vierter Teil heute. Was sagen Sie? »Komm. Hoffnung?« Hoffen Sie nur! Bitte. Das kann Ihnen ja niemand verwehren. Hoffen Sie nur.

Vor wenigen Sekunden war Münzing noch recht bequem dagesessen. In seinem Polstersessel, vierte Reihe Parkett. Er hat seine Beine übereinandergelegt gehabt. Jetzt nicht mehr. Münzing hat sich aufgerichtet. Von Entspannung keine Spur. Im Gegenteil. Während des Weges zum Opernhaus, da war er ruhig, da war er gelassen. Nun verliert er sich vollends ins Geschehen auf der Bühne. »Ich werde Pizarro einen Gefallen tun. Dann nimmt er es nicht so genau.« Da sind wir ja schon mitten drin im Teil vier, Management-Kurs für junge Führungskräfte, Schloß Hausenblas. Münzing sitzt jetzt kerzengerade. Da kommen die Gefangenen. »O welche Lust, in freier Luft; nur hier, nur hier ist Leben.« Der Baum. Der Baum im Park. Nur hier ist Leben. Und er erntet nicht. Er sammelt nicht in Scheunen. Wer von euch ist gekleidet wie er? Was sagen sie jetzt, die Eingesperrten? »Sprecht leise, wir sind belauscht.« Bitte. Meine Herren. Lassen Sie vor allem der Presse gegenüber Vorsicht walten. Jetzt, im vierten Teil des Seminars, kann ich es ja sagen. Selbst die dümmste Zeitungsente kann einen Aktienkurs beeinflussen. Seien Sie vorsichtig. »Hart ist des Kerkermeisters Brot.« Applaus. Pause.

Fast alle Zuschauer stehen gleichzeitig auf. Sie beginnen in demselben Augenblick zu reden und drängen hinaus. Jeder will der Erste sein auf dem Jahrmarkt der Eitelkeiten. Münzing ist müde. Er hat sich in besonderem Maß auf das Bühnengeschehen konzentriert. Aber er ist auch erschöpft von den Anstrengungen des Nachmittags. Die Günther-Verhandlung, denkt er. Kaum eine Stunde hat sie gedauert. Und erfolgreich war ich auch. Aber trotz allem. So müde, wie ich jetzt bin, sollte ich doch nicht sein. Ich werde älter. Das ist selbstverständlich. Aber läßt die Spannkraft nach? So rasch? Mich hat diese eine Stunde im Theater mehr ermattet als entspannt. Am liebsten bliebe ich sitzen. Aber dazu bin ich wiederum zu nervös. Ich hätte nicht hierherkommen sollen. Ich hätte mich niederlegen sollen. Jawohl. Und nicht hierherkommen. Außerdem benehme ich mich, als ob das der erste Fidelio meines Lebens wäre. Münzing steht auf. Er geht durch die Sitzreihe und dann hinaus. Vielleicht ist es aber der erste Fidelio, den ich erlebt habe? Die erste Hälfte zumindest. Vielleicht habe ich alle früheren Aufführungen an mir vorbeigehen lassen? Vielleicht hat das Spiel auf der Bühne immer vor meiner glatten Fassade, vor den Mauern einer bisher uneinnehmbaren Festung haltgemacht?

Münzing verläßt den Zuschauerraum. Er betritt das große Stiegenhaus, das zum ersten Stockwerk führt. Hinauf zu den Pausenräumen. Neunzehntes Jahrhundert. Der Geschmack der Renaissance. Aber das ist der Geschmack der Neo-Renaissance. Der Nonplusultra-Renaissance. Der Über-Renaissance. Ein Stiegenhaus für die neuen Borgia. Weiße Marmorstufen. Roter Teppich. Blutrot. Aber weich. Weich wie Samt. Links und rechts wieder weißer Marmor. Der Raum zwischen den Steinblöcken, welche die Pfeiler des Stiegengeländers bilden, ist jeweils mit gußeisernen Platten ausgefüllt. Tiermotive? Nein. Das sind keine Tiere, wie sie die Natur hervorbringt. Das sind Figuren aus Alpträumen. Tiergestalt und Menschenwesen sind vermischt. Auf raffinierte Art vermengt. Tiere mit menschlichen Gliedmaßen. Ein Hund mit Menschenhänden. Eine Katze mit einem Menschenkopf. Dann Schlangen. Die umgreifen die einzelnen Lebewesen und verbinden sie. Wie im Laokoon. Schlangen mit den Köpfen von Männern, von Frauen, von Mädchen und von Knaben. Ein ununterbrochenes Umschlingen und Wieder-Loslassen geht vor sich. Eine Horror-Show. Aber wer schaut schon zu? Wer schaut ihr schon zu, dieser Horror-Show auf den gußeisernen Platten, welche die Zwischenräume des Stiegenhausgeländers ausfüllen? Dieses Borgia-Stiegenhauses.

Dann die Kandelaber. Die Beleuchtungskörper, die auf den Sockeln des Stiegenhausgeländers stehen. Nackte Mädchengestalten. Ein Tuch um die Schulter, das die Nacktheit noch mehr betont. In Bronze gegossen. Aber jeder, der etwas genauer hinsieht; jeder, der diese Mädchen etwas genauer betrachtet, der sieht, daß sie leben. Diese Mädchen. Die Töchter der Familien, die dumm genug waren, Feinde des Hauses Borgia gewesen zu sein. Da stehen sie jetzt. Halten sechsflammige Kerzenleuchter. Lächeln dazu. Das Lächeln von Menschen, die aufgegeben haben. Das Lächeln von

Menschen, die alles tun werden. Das Lächeln von Menschen, die besiegt sind. Endgültig. Das Lächeln von Menschen, die dastehen; nackt; mit einem Tuch um die Schulter; die einen Kerzenleuchter halten, weil man ihnen gesagt hat, daß sie es tun müssen. Das Lächeln von Menschen, die nicht mehr widersprechen. Und Hunderte, Tausende, Zehntausende gehen vorbei. Sehen nichts. Sie sind blind. Gehen vorbei. Sagen zueinander: Sehen Sie sich diese schönen Beleuchtungskörper an. Was das gekostet haben muß. Schauen Sie. Jede der Figuren trägt einen sechsflammigen Leuchter. Zehn Sekunden. Fünfzehn Sekunden. Sie gehen weiter. Und die Mädchen? Die haben keine Brüder, die es hinausschreien in die Welt: daß es doch die Schwestern sind, die da stehen. Nackt. Und Kerzenleuchter halten. Auch die Väter und Mütter schweigen. Auch sie sind erblindet. Sie wissen nicht mehr, daß sie ihre Kinder verkauft haben. An die Borgia.

Der große Pausenraum. Der Marmorsaal. Der Raum, in dem geraucht werden darf. Alle sind sie versammelt. Natürlich die Borgia. Eine weitverzweigte Verwandtschaft. Aber auch die Medici sind da. Und die Doria, die Gonzaga, die Fugger und Welser. Aber auch weniger bedeutende Familien. Die Gänseklein und die Enterich. Die bekannten Pächter der Borgia und der Fugger. Dann die Lieferanten der großen Häuser. Die Zubringer. Auch die Verwalter sind da. Da kann man nur staunen, wie viele Verwalter es gibt. Dann die Lehrer, welche die Söhne und Töchter der großen Häuser unterrichten. Aber auch die Söhne und Töchter der Gänseklein und der Enterich, der Verwalter, und schließlich auch die eigenen. Dann die Offiziere, welche die Soldaten befehligen. Die Soldaten, die zum Schutz der großen Häuser eingestellt sind. Zum Schutz der Borgia und der Medici, der Doria und Gonzaga, der Fugger und Welser. Die aber auch zum Schutz der Gänseklein und Enterich eingestellt sind; zum Schutz der Verwalter und auch der Lehrer. Kurzum, die zum Schutz des Ganzen eingestellt sind. Alle sind sie versammelt. Sie rauchen und plaudern. Sie trinken und essen. Gruppen bilden sich, lösen sich wieder auf. Sofort bilden sich andere, neue Gruppierungen.

Das Buffet. Ein Marmorpult; ein Meter breit, acht Meter lang. Dahinter Männer und Frauen, die mit den Menschen im Pausenraum jenseits des Pultes wenig zu tun haben. Keine Borgia und Fugger. Keine Gänseklein. Keine Verwalter, keine Lehrer oder Offiziere. Sie plaudern auch nicht. Sie bilden keine Gruppen und rauchen nicht. Sie verkaufen. Champagner vor allem. Aber auch Martini und Campari, Americano und Gin mit Tonic-Water. Oder nur Tonic-Water. Für die älteren Damen, die ihren Gin zu Hause trinken.

Dann belegte Brote. Lachs oder Kaviar. Ein wenig Ei. Schinken. Was eben die Borgia und die Gänseklein gerne haben. Das sanfte Fleisch des Fisches. Und dazu kontrastierend das Fleisch der Schweine. Aber nur veredelt. Geräuchert zum Beispiel. Warum man wohl einst gemeint hat, das Fleisch der Schweine sei des Menschen unwürdig? Das waren doch nicht nur gesundheitliche Überlegungen? Warum war es dann verboten? Früher einmal. Natürlich nur bei manchen Völkern. Aber vielleicht waren in diesen Völkern gerade die entwickelteren Menschen zu finden? Was war es? Was hat ein sechster oder siebenter oder weiterer Sinn den Menschen damals gesagt? Was sagt er manchen von ihnen heute noch? Wie leicht macht man es sich, heute? Alles für uns und wir gegen alle. Belegte Brote. Ein wenig Ei. Schinken. Bitte sehr. Oder Süßigkeiten. Und dann Kaffee. Natürlich Kaffee.

Vor dem Pult drängen die Menschen. Die Borgia und die Fugger, die Gänseklein und die Enterich. Schau! Wie man sich vergessen kann. Ein Borgia drängt doch nicht? Und ein Gänseklein tut es ihm doch nach und drängt doch auch nicht? Aber das ist jetzt vergessen. Hier wird gekämpft. Um den Champagner und um das belegte Brot. Auch hinter dem Pult drängen die Menschen. Gießen Champagner aus Flaschen in hohe, trichterförmige Gläser, Tonic-Water in zylindrische

Gläser, Martini in halbkugelförmige Gläser. Servieren belegte Brote. Heute auch Hummer. Ein wenig Ei. Schinken. Berechnen dann die Kosten. Zwei Gläser Champagner, ein Glas Martini. Sechs belegte Brote. Geldscheine wechseln den Besitzer. Ein Betrag wird bezahlt. Eine Summe für einen Imbiß, die manche Menschen zur Verfügung haben, um damit eine ganze Woche lang ihren Lebensunterhalt zu bestreiten; um damit zu leben. Im eigenen Land. Natürlich im eigenen Land. In einem Entwicklungsland lebt eine Familie einen Monat lang davon. Ein Entwicklungsland? Das ist doch für einen Borgia ein Land, in das man noch recht gut liefern kann. Kanonen. Kaviar. Kleider. Kochtöpfe. Vielleicht sind die Preise, die am Buffet verlangt werden, eine Rache der Menschen, die hinter dem Pult arbeiten. Eine Rache an den Borgia und ihren Gänseklein. Sollte das der Fall sein, trifft die Rache aber ins Leere. Die Borgia zahlen gerne. Und mit ihnen die Gänseklein. Außerdem bemerken die Borgia solche Beträge überhaupt nicht. Und die Gänseklein in ihrem Gefolge auch nicht.

Kein Prophet. Niemand, der aufsteht und ruft. Die Propheten sind schon alle dagewesen. Und niemand hat auf sie gehört. Niemand würde jetzt auf sie hören. Niemand kann aber sagen, daß er nicht hören könnte. In einem Buch nach dem anderen, in einem Kapitel nach dem anderen kann man nachlesen, was sie früher einmal gerufen haben. Aber das war doch vor Tausenden Jahren. Und noch dazu im Nahen Osten. Niemand liest das. Sät für euch in Gerechtigkeit, so werdet ihr ernten nach dem Maß der Liebe. Nehmt euch Neuland unter den Pflug. Es ist an der Zeit. Sucht, bis ihr findet. Eine Stimme, die ruft. Viele Stimmen, die rufen. Seit Tausenden Jahren. Seit es Ausbeutung gibt. Aber nur die Kleinen hören. Die es nicht notwendig haben, zu hören. Die wenigen Großen, die gehört haben, die wenigen Borgia und Fugger, die gehört haben, die werden mit Recht heilig genannt.

Münzing wartet, bis sich der erste Ansturm auf das Buffet gelegt hat. Jetzt geht auch er hin, bestellt eine Tasse Kaffee. Unwillkürlich kommt ihm Verena in den Sinn. Sicherlich nicht ohne Grund, daß ich an sie denke. Meine geliebte Freundin Verena; die jetzt bei ihrer Tante Klara sitzt und plaudert. Sie war es, die mir vorgeschlagen hat, heute abend hier den Fidelio anzuhören. Ob sie geahnt hat, daß es diesmal für mich anders sein wird, als es während all der vorhergehenden Aufführungen gewesen war, die ich gesehen habe? Wieviel weiß sie eigentlich von mir und meinen Lebensumständen? Selbstverständlich sind wir eng befreundet und leben manchmal Wochen hindurch, als ob wir verheiratet wären. Aber trotzdem. Wie tief kann sie eigentlich hineinblicken in mich? Aber da ist schon der Kaffee. Münzing bezahlt. Er nimmt die Tasse, wendet sich um, geht zum Ende des Pultes und lehnt sich dort mit dem Rücken gegen die Marmorkante. Er blickt in den Raum. Er trinkt, grüßt Bekannte, nickt anderen zu und lächelt. Man kennt sich eben. Allerhand! Was ist denn das? Ein Schlachtschiff. Jetzt hat es mich bemerkt. Und segelt direkt zu mir her. Crossing the T. Kommt genau mit dem Bug auf mich zu. Natürlich. Jetzt erinnere ich mich. Das ist niemand anderer als die Daisy Günther. Münzing hat nun keine Möglichkeit mehr, zu verschwinden. Er ist festgenagelt. Und fühlt alle Geschütze auf sich gerichtet. Daisys Begleitung, einige Kreuzer oder Zerstörer, oder auch nur Korvetten, die einigen Gänseklein und Enterich gehören, sind im Hintergrund geblieben. Es ist ein Vorrecht der Gänseklein und Enterich, im Hintergrund bleiben zu dürfen, wenn ein verärgerter Borgia in den Krieg zieht.

Herr Münzing! Herr Münzing, wenn ich mich recht erinnere. Und ich erinnere mich recht. Seit Jahren sind wir ja gute Bekannte. Immer wieder sind wir einander begegnet. Jawohl. Seit Sie mir zum ersten Mal vorgestellt wurden. In meiner Villa. Sie wissen es sicher noch. Jawohl. Ich habe damals eine Reihe von Wohltätigkeitskonzerten veranstaltet. Sehr richtig. Bei mir im Salon. Damals hat doch jeder Geld in die Dritte Welt geschickt. Das war damals so. Sie waren zum letzten dieser Konzerte geladen. Und Sie waren großzügig, wenn ich mich recht erinnere. Und ich erinnere mich recht. Herr Münzing! Sie haben unser Unternehmen gekauft. Für einige Schweizer, angeblich. Ich war vorhin bei meinem Bruder, Herr Münzing. Und mein Bruder hat mir den Teil des Kaufpreises genannt, der auf mich fällt. Herr Münzing! Das ist etwa die Summe, die ich in einem Jahr verbrauche. Was glauben Sie, Herr Münzing, was ich im darauffolgenden Jahr tun werde? Was? Natürlich gibt es noch ein paar andere Quellen. Aber die tröpfeln nur, Herr Münzing, die fließen nicht. Eines sage ich Ihnen jetzt. Ganz kurz, Herr Münzing, denn hier ist nicht der richtige Ort und auch nicht der richtige Zeitpunkt. Trotzdem. Eines sage ich Ihnen jetzt. Das Ganze wird rückgängig gemacht. Und zwar sofort. Oder ich lasse Sie verhaften. Verstehen Sie? Verhaften. Wo wären wir denn, wenn eine Vorgangsweise wie die Ihre erlaubt wäre? Sie werden noch hören von mir. Nein. Nicht nur von mir. Von uns allen. Auf Wiedersehen, Herr Münzing. Aber nicht in der Oper, sondern bei Gericht. Das sage ich Ihnen. Von Ihnen lasse ich mich nicht an den Bettelstab bringen. Das sage ich Ihnen. Was? Mit der freundlichsten Miene der Welt sagen Sie mir, ich möge froh sein, überhaupt etwas zu bekommen? Wie bitte? Das ganze Leben hindurch hätte ich keinen Finger gerührt? Und meine Ehemänner und meine Kinder auch nicht. Was? Es wäre an der Zeit gewesen? Herr Münzing! Wir sehen uns bei Gericht wieder. Das sage ich Ihnen. Auf Wiedersehen, Herr Münzing.

Da segelt sie ab und hat wieder alle ihre Zerstörer und Korvetten um sich versammelt. Der ganze Geleitzug verschwindet im Stiegenhaus. Auch die Zuschauer dieses Flottenmanövers verlaufen sich langsam. Das erste Läuten. Münzing steht noch immer mit dem Rücken gegen das Pult des Buffets. Jetzt, zwischen dem ersten und dem zweiten Läuten, am Ende der Pause, am Buffet der Oper, da geschieht es. Münzing sieht sich selbst. Er sieht sich so, wie man üblicherweise nur auf andere schauen kann. Was Münzing sieht, ist nur eine Hülle. Sein Ich, sein Bewußtsein, das steht zwei oder drei Meter weit weg, halb links draußen im Raum. Und dieses blickt auf die Hülle, die mit dem Rücken gegen das Verkaufspult lehnt. Eigenartig? Der da steht, sieht doch aus, wie er immer ausgesehen hat. Das ist offensichtlich mein Leib, der ziemlich leicht zu identifizieren ist. Die Haltung. Die Gesichtszüge. Wieso habe ich, in diesem unverändert aussehenden Fahrzeug drinnen sitzend, mich vor wenigen Sekunden so ungewohnt verhalten? So anders als üblich. Warum habe ich eben die Daisy Günther in solch einem Maß herausgefordert? Hatte ich je in meinem bisherigen Dasein irgendeinen Einwand gegen das Leben auf Kosten anderer? Habe ich das nicht vielmehr als eine selbstverständliche und noch dazu als eine berechtigte und vielleicht sogar notwendige Lebensweise mancher Menschen angesehen? Warum bin ich plötzlich nur noch für den Baum und nicht mehr für die Mistel? Haben die denn kein Recht auf Leben? Zu viele Misteln töten den Baum. Gut. Aber wer bin ich denn? Warum meine ich, in einem Spiel von Für und Wider Stellung beziehen zu müssen? Eingreifen zu müssen? Welchen Grund habe ich zu glauben, an der Erhaltung eines gesunden natürlichen Gleichgewichtes arbeiten zu müssen? Stellt sich das Gleichgewicht nicht von selbst ein? Zwischen Bäumen und Misteln? Oder will ich mehr? Will ich, daß es nur noch Bäume gibt? Und keine Misteln? Tod den Misteln? Interesse daran könnte ich doch nur haben, wenn ich ein Baum wäre. Wenn ich sicher wäre, ein Baum zu sein. Seit wann glaube ich, ein Baum zu sein? Blühend. Strahlend. Leuchtend. Ist es möglich, daß eine Mistel stirbt, zu Boden fällt, verdorrt; und aus dem Staub wächst der Baum? Der neue Baum. Die Kastanie im Park? Das dritte Läuten. Ich muß mich beeilen.

Zwei Minuten, dann beginnt der letzte Akt. Das Stiegenhaus ist schon fast leer. Nur noch wenige Borgia und Fugger, wenige Gänseklein und Enterich sind unterwegs; eilen zu ihren Plätzen. Die Mädchen, welche die Kerzenleuchter halten, lächeln immer noch. Aber nicht heiter. Nein. Jetzt vielleicht verschlossener als vorhin. Ob sie sich noch schämen können? Was fühlt man, wenn man lange Zeit allen Blicken preisgegeben war? Unverwandt heften sie ihre Augen auf die vorbeieilenden Menschen, auch auf Münzing. Fragend: Was glauben Sie, Herr Münzing? Kann man sich daran gewöhnen? Den Blicken der Borgia und Gänseklein preisgegeben zu sein? Für sie dastehen zu müssen? Es ist doch noch nicht lange her. Wenige Stunden nur. Da waren Sie doch auch noch ein Borgia? Oder ein Fugger? Nicht wahr? Wer sind Sie jetzt? Jawohl. Es gibt auch Männer, die Kerzenleuchter halten. Schauen Sie doch nur in andere Theater. Können wir Ihnen schon trauen? Auch wenn Sie noch kein blühender Baum sind. Der strahlt. Der sein Licht zum Himmel sendet. Sondern nur ein Mensch sind, der einen Leuchter hält? Münzing geht vom Stiegenhaus zum Zuschauerraum. Im letzten Augenblick erreicht er seinen Platz. Wenige Sekunden. Der zweite und letzte Akt beginnt.

Der zweite Aufzug. Die Hoffnung. Die Sehnsucht nach Freiheit. Jede einzelne Note bedeutet: Hinaus. Licht. Sonne. Wärme. »Nichts lebt hier außer mir!« Inmitten toter Dinge. Inmitten von Aquarellen, zum Beispiel. »Meine Pflicht hab' ich getan!« Tatsächlich? Ist das genug? Aber schon singt Florestan weiter: »Ist nicht mein Grab mir erhellt?« Ein Baum? Ein leuchtender Baum? Freiheit? Aber gräbt nicht immer irgendwo einer? Jetzt die anderen: »Nur hurtig fort, und frisch gegraben, es währt nicht lang, er kommt herein.« Eigentlich sind die Günther gerade herausgestiegen aus einem Grab. Nur wissen sie es noch nicht. Noch nicht. Vielleicht, daß es der Norbert Günther und der Erich Franziskus wissen? Leonore erkennt jetzt ihren Florestan: »Großer Gott! Er ist's!« Und Florestan: »Euch werde Lohn in bess'ren Welten.« Und weiter: »Der Himmel hat euch mir geschickt, ich kann die Wohltat nicht vergelten.« Aber der Holzknecht? Der Holzknecht wartet. Warum soll man einen Baum nicht fällen, nur weil er in Blüte steht? Tausende Bäume stehen in Blüte. Tausende Bäume leuchten doch? Nicht wahr? Rocco: »Alles ist bereit. Muß ich dem Gefangenen die Eisen abnehmen? Nein! Aber schließ ihn von dem Steine los!« Ein Stückchen Freiheit. »Die Zeit drängt.« Ein Anfang. Eine kleine Freiheit. Ein Neubeginn. Der Anfang eines neuen Beginnens. Hinaus, ins neue Land: »O namenlose Freude.«

Dann die dritte Ouvertüre. Vor dem Finale. Münzing ist erschöpft. Er lehnt sich zurück und hört die Musik, die aufschließt, die öffnet. Der Kerker ist leer. Die Sonne erscheint am Horizont. Sie steigt höher. Ein Baum aus Licht. Die Heiterkeit kehrt wieder. Die goldene Heiterkeit. Hell strahlender Sonnenschein. Mächtig. Alles erfassend. Der Mensch hat gesiegt. Das Tier ist tot. Das neue Leben. Der neue Weg. Steinig am Anfang. Steil. Aber hell. Sonnig. Und weiter oben die Wiesen. Weite Wiesen. Baumgruppen. Später ganze Wälder. Blumen. Heiterkeit. Das neue Leben. Ganz oben. Der Blick über den Park. Und dann weiter hinaus. Der Vorhang öffnet sich. Das letzte Bild. Die Gefangenen: »Heil sei dem Tag, heil sei der Stunde, die lang ersehnt, doch unvermeint, Gerechtigkeit mit Huld im Bunde, vor uns'res Grabes Tor erscheint.« Im nächsten Augenblick: »Gerechtigkeit hält zum Gericht der Rache Schwert gezückt.« Ganz so harmlos wird es also nicht zugehen. Kein Rosenbett, das neue Land.

»Stimm in unsren Jubel ein.« Erlösung. Applaus. Licht. Die Menschen im Zuschauerraum stehen auf. Eine Sängerin, dann ein Sänger vor dem Vorhang. Später sogar der Dirigent. Der Orchestergraben leert sich langsam. Jetzt ist das ganze Ensemble vor dem Vorhang. Vereinzelte Bravorufe. Münzing ist bestrebt, im erstmöglichen Moment wegzukommen. An seinen Nachbarn vorbei, dem Ausgang zu. Das Stiegenhaus, die Eingangshalle, dann die freie, offene Straße. Kühle. Ein wenig Regen. Während der fast drei Stunden, die Münzing im Theater verbracht hat, hat sich hier heraußen der Himmel bedeckt. Die

Straßen sind naß. Ein ganz feiner Regen, der wie ein sanfter Nebelschleier herunterfällt. Münzing geht zu Fuß. Er merkt, wie sein Gesicht feucht wird. Nicht naß, dazu müßte es richtig regnen. Nur feucht. Feucht und kühl. Er ist zu müde, um zu denken. Aber er erfaßt doch seine Umwelt. Vielleicht sogar genauer, als es während des Alltags der Fall wäre; dann nämlich, wenn er ein anderer ist; bei wachem Intellekt. Jetzt schon nach Hause? Nein. Irgend etwas muß ich noch tun. Ich könnte meine vier Wände noch nicht ertragen; und die Dinge, mit denen ich mich umgeben habe, auch nicht. Was kann ich tun um zehn Uhr abends? Allein. Münzing geht an einem Espresso vorbei. Er zögert einen Moment, geht einige Schritte weiter, kehrt dann doch um und betritt das Lokal. Er stellt sich an die Bar, rückt Milchkännchen und Zuckerbehälter zurecht und bestellt schließlich eine heiße Schokolade. Das beruhigt. Das ist gut vor dem Schlafengehen. Das ist das Beste am Abend. Während er wartet, hört er neben sich eine bekannte Stimme: Guten Abend, Münzing! Da schau, der Heinzler. Mit dem war ich in der Schule. Der ist Anwalt geworden. Guten Abend, Heinzler! Wie geht's? Du siehst. Was? Wie der elegante Münzing in so ein Lokal kommt? Ich bitte dich. So schlecht ist doch das da auch nicht? Nicht wahr? Warum nicht hier? Warum immer im Adlon oder im Savoy? Wie? Du warst auch in der Oper? In der

Pause? Du kennst die Daisy Günther? Was da war? Die Günther-Werke sind verkauft worden. Und die glaubt, ich habe sie ihr persönlich weggenommen. Warum soll ich keine heiße Schokolade trinken? Ist dir das nicht männlich genug? Ich sehe aus, als ob ich erschöpft wäre? Sei so gut. Wie siehst du aus nach einem arbeitsreichen Tag? Nicht in einem solchen Maß erschöpft? Dann bist du eben in einer besseren Verfassung, als ich es bin. Bitte gib Ruhe. Da hättest du Psychologie studieren müssen und nicht Recht. Dann würde ich deinen Äußerungen mehr Bedeutung zumessen. Herrlich. Herrlich geht's mir. Sicher. Was soll das heißen? Natürlich. Auch gesunde Menschen trinken am Abend heiße Schokolade. Ja. Ruf mich einmal an. Bitte. Gerne. Auf Wiedersehen. Gute Nacht.

Münzing bezahlt und verläßt das Lokal. Derselbe feine Regen. Ein kühler Schleier. Er geht langsam; kommt zum Park. Wenig Verkehr. Er überquert die Straße, bleibt auf dem Gehsteig auf der Parkstraße und geht nach Hause. Noch immer der Geruch nach frischgeschnittenem Gras. Plötzlich eine Vogelstimme. Dann mehrere. Zuerst leise, bald darauf lauter. Ob wohl die alte Frau beim Teich steht und füttert? Ob die Blüten der Bäume geschlossen sind? Jetzt in der Nacht? Habe ich nicht vor langer Zeit einmal, vielleicht während meiner Schulzeit, gelesen, daß sich manche

Blüten am Abend schließen? Wieder zur Knospe werden, um dann am Morgen neu zu erblühen, sich neu zu öffnen? Aber ganz bestimmt nicht die Blüten der Kastanienbäume. Nein. Die bleiben offen. Sicherlich. Da muß ich nicht gehen und nachsehen. Münzing verläßt den Gehsteig auf der Parkseite, um die Straße zu überqueren. Er findet es nicht mehr notwendig, beim Fußgängerübergang auf das Grünlicht zu warten. Nur wenige Automobile sind noch unterwegs. Jetzt ist es möglich, an jeder beliebigen Stelle hinüberzugehen. Münzing kommt am Zeitungsstand vorbei. Der hat natürlich längst seine Läden geschlossen. Das Haustor. Er sperrt auf. Der Lift. Dritter Stock. Er ist wieder in seiner Wohnung.

Zweiundzwanzig Uhr fünfzig. Münzing geht in den Salon, dann in sein Arbeitszimmer. Er setzt sich an den Schreibtisch. Was will ich? Den Plan für den morgigen Tag? Also rasch. Eins, zwei, drei. Die wichtigsten Punkte wenigstens. Aber Münzing schreibt nichts auf seinen eleganten Notizblock, der in einer braunen Kalblederhülle steckt. Münzing kann nichts niederschreiben, weil er in keiner Weise bereit ist, über den nächsten Tag nachzudenken. Und schon gar nicht bereit ist, über Dinge nachzudenken, die das Büro betreffen. Münzing träumt einige Minuten lang dahin; ertappt sich, wie er, ohne zu wissen, einen Baum auf das Blatt Papier zeichnet, das vor ihm liegt.

Im Notizblock. Gebunden in braunes Kalbleder. Münzing kann sich aber noch nicht Tagträumen hingeben, ohne dabei Gewissensbisse zu haben. Er steht auf und geht wieder in den Salon. Zweiundzwanzig Uhr neunundfünfzig. Er schaltet den Radioapparat ein. Einige Sekunden Stille. Dann einige Zeit das Pausenzeichen. Schließlich eine dunkle Frauenstimme: Dreiundzwanzig Uhr. Wir bringen die Spätnachrichten. China hat an der Grenze zu Vietnam die dort versammelten Armeen in Bewegung gesetzt. Es ist noch nicht abzusehen, ob es sich nur um ein Manöver handelt oder ob der Einmarsch geplant ist. Streik der Stahlarbeiter in England. Studentenunruhen an den Universitäten von Istanbul und Izmir. Der türkische Ministerpräsident hat Truppen eingesetzt. Aus dem Inland: Wieder hat eines der bedeutenderen Industrieunternehmen des Landes seine Besitzer gewechselt. Die Verträge betreffend den Verkauf der bekannten alteingesessenen Günther-Werke sind heute nachmittag unterzeichnet worden. Käufer ist ein internationales Finanzkonsortium mit dem Sitz in der Schweiz. Im Zuge der Ausarbeitung einer Stellungnahme, die das Handelsministerium zu einer kurzfristig angesetzten Pressekonferenz der Anwälte der Familie Günther verfaßt hat, wurde auch der Ministerpräsident um seine Meinung befragt. Der stellte ausdrücklich fest, daß in Zukunft mit tauglicheren Mitteln als bisher versucht werden müsse, heimische Unternehmungen unter heimischer Kontrolle belassen zu können. Wieder ein Unfall durch Sickergas. Nach der Begehung des Kellers eines Hauses in ... Münzing steht auf. Schaltet ab. Der Stein oder der Berger hätten mir ein Wort sagen können. Wer braucht denn eine Pressekonferenz, um der Öffentlichkeit mitzuteilen, daß die Günther-Werke verkauft sind? Außerdem ist der Kapitaltransfer schon längst bewilligt. Wozu das Ganze? Und unser Ministerpräsident hat nichts Besseres zu tun, als gleich ein Statement abzugeben. In Zukunft! Aha. Jetzt wissen wir es. In Zukunft muß es anders werden. Wie stellt er sich denn das vor? Wer das Geld hat und das Risiko auf sich nehmen will, der kauft eben, und Schluß. Hätte der Staat den Betrieb kaufen sollen. Aber das wäre wieder nicht möglich gewesen, ohne Dutzenden von Günther-Leuten Pensionen zu bezahlen. Das hätte Milliarden gekostet. Und nicht die geringste Spur von ausländischem Kapital wäre ins Land gekommen. Der soll seine Steuern kassieren und Ruhe geben. In Zukunft soll darauf geachtet werden ... Soll er achtgeben in Zukunft. Natürlich. Warum nicht? Ist mir auch egal. Dafür wird er ja schließlich bezahlt.

Münzing geht im Zimmer auf und ab, bleibt schließlich beim Fenster stehen. Er blickt hinaus. Über den Park. Aber es ist zu dunkel. Einzelheiten sind nicht zu erkennen; nur dunkle Wellen, vom

Wind weitergetrieben. Ich sollte den morgigen Tag planen. Ich sollte mich zwingen dazu. Jahre hindurch habe ich an jedem Abend ein paar Minuten dazu verwendet, den nächsten Tag zu planen. Also bitte. Was ist morgen los? Was soll morgen getan werden? Münzing geht wieder in das Arbeitszimmer. Setzt sich zum Schreibtisch. Fünf Sekunden, zehn Sekunden vergehen. Eine Minute, eine zweite Minute vergeht. Warum will ich nicht? Morgen abend? Ja. Da werde ich Verena treffen. Wir werden plaudern. Essen. Nachher? Vielleicht zu ihr? Vielleicht hierher zu mir? Vielleicht auch nicht? Münzing gibt auf. Er rückt mit dem Stuhl vom Schreibtisch weg, steht auf und geht ins Schlafzimmer. Er entkleidet sich und geht ins Bad. Hände. Gesicht. Zähne. Dann stellt er sich doch noch unter die Brause. Er reibt sich mit einem olivgrünen Handtuch trocken, geht zurück ins Schlafzimmer. Er zieht seinen Schlafanzug an und wendet sich noch ein letztes Mal zum Fenster. Er blickt über den Park. Aber es ist wie vorhin. Ein dunkles Meer, das der Wind vor sich hertreibt, das aber trotzdem nicht weitergetrieben wird, das an seinem Platz bleibt, obwohl es sich allem Anschein nach weiterbewegen müßte. Aber das sind eben Bäume da draußen und nicht Menschen. Menschen könnten weitergehen. Könnten weitergetrieben werden. Könnten sich weitertreiben lassen. Die sind nicht im Boden verwurzelt. Die sind imstande weiterzugehen.

Und zum ersten Mal seit vielen Jahren steigt Münzing in sein Bett, ohne Notizen gemacht zu haben für den nächsten Tag. Er legt sich nieder, dreht sich im Bett noch einmal zur Seite, zieht die Decke über seine Schultern und schläft gleich ein.

6
Ein neuer Tag

Ein neuer Tag. Es mag etwa sieben sein. Münzing ist nicht bereit, seine Uhr, die neben ihm liegt, zur Hand zu nehmen und die Zeit festzustellen. Er ist auch noch nicht in der Lage, den Zustand, in dem er sich befindet, zu erkennen oder zu erfassen. Er lebt in diesen Augenblicken in jenem eigenartigen Reich zwischen Schlaf und Wachsein, zwischen Traum und Denken, vor dem sich einerseits viele Menschen fürchten; jene, die glauben, sich aus diesem Reich, das nicht das ihre ist, durch einen gewagten und plötzlichen Sprung aus dem Bett retten zu müssen; das aber andererseits vielen Menschen gut bekannt ist, in dem sie sich wohl fühlen und das sie als ein Land näher ihrer wahren Heimat erkennen, als es die Gebiete ihres Tagesbewußtseins sind. Das sind dann jene Menschen, die dieses Zwischenreich lieben und in ihm verweilen wollen, jene Menschen, die lange Zeit brauchen, um richtig wach zu werden; ja die so weit gehen, ein wenig von der Seinsweise dieses Zwischenreiches in den Alltag mitzunehmen; in jenen Alltag, in dem sie dann als Träumer, als lebensuntüchtige Phantasten verschrien werden; wo man dann mit dem Finger auf sie zeigt und ruft: Schaut sie euch an, die Träumer; ihr Reich ist nicht von dieser Welt.

Die Vorhänge des Schlafzimmers sind nur halb zugezogen. Ein klarer heller Tag. Die Sonne wirft scharf begrenzte Lichtkeile in den sonst dunklen Raum. Münzing liegt da, hat die Decke bis zum Hals hochgezogen und träumt. Er träumt zwischen Schlaf und Wachsein, träumt keine richtigen Träume, solche, deren Abläufe nicht der eigenen Kontrolle unterliegen, sondern jene Träume, die nicht durch das Denken, wohl aber durch Schauen und durch Erkennen im Schauen gesteuert werden. Durch jenes Erkennen, das den Intellekt nicht benötigt, das vielmehr nur schaut und im Schauen erkennt.

Münzing weiß, daß er während der vergangenen Nacht durch ein weites Traumland gegangen ist. Daß er viele Eindrücke, die er während der vergangenen Tage empfangen hat, nochmals und auf einer anderen Ebene erfuhr; daß er viele Taten, die er während der vergangenen Tage gesetzt hat, nochmals und auf einer anderen Ebene ausführte. Münzing weiß, daß er während der Nacht in einem Reich war, vielleicht zum ersten Mal bewußt in einem Reich war, in dem dieselbe alte Frau, die gestern früh am Teich, gleichmütig und ohne je zu bevorzugen, Futter gestreut hat, ebenfalls lebt und wirkt; und ebenso emotionslos Futter streut. Daß er in einem Reich war, in dem dieselbe strahlende Kastanie lebt, der er am Vormittag im Park begegnet ist. Daß er in einem Reich war, in dem auch Tiller lebt, und in das auch einige Günther eben eingetreten sind. Ein Reich, in dem sich Tiller mit erstaunlicher Souveränität bewegt; als Bürger mit einem natürlichen Selbstverständnis seiner Rechte und Pflichten. Ein Reich, in dem die Günther andererseits wie verschreckte Kinder herumlaufen; in dem sie, wie Touristen in einem fremden Land, in dem eben eine Naturkatastrophe ausgebrochen ist, herumirren. Daß er in einem Reich war, in dem auch Verena lebt; Verena, die er liebt; Verena, die dort lächelnd in Freiheit ihren eigenen Weg geht. Münzing weiß, daß er in einem Land war, in dem er sich wohl nicht mit der Selbstverständlichkeit Tillers bewegt, wohl aber schon mit einer gewissen Sicherheit; im Gegensatz zu den eher hilflosen Günther.

Münzing liegt auf dem Rücken, hat die Decke noch immer bis zum Kinn hochgezogen und blickt zum Fenster. Er schließt die Augen und merkt, wie die hellen und dunklen Streifen, die durch das Sonnenlicht und den Vorhang gebildet werden, in seinem Inneren farbige Streifen nachschaffen. Er beobachtet, wie die vormals durch das offene

Auge eingedrungenen sonnenerhellten Zonen nun grüne Flächen bilden, die sich von einem herrlich violetten Hintergrund recht hübsch abheben. Münzing weiß jetzt, daß er während der Nacht den Weg, den er am Vortag durch den Park genommen hat, noch einmal gegangen ist. Daß es ihm gegeben war, noch mehr und noch schöner zu sehen als gestern früh; und dann später am Abend. Er weiß, daß ihm nur vergönnt ist, ein Ahnen von diesen nächtlichen Ereignissen in sein Tagesbewußtsein mitzunehmen, daß ihm das andererseits genügt und die Sicherheit verleiht, von einem neuen, aber fest gegründeten Standpunkt aus weiterzugehen. Münzing weiß, daß er während der Nacht die Verkaufsverhandlung der Günther-Werke noch einmal geführt hat; daß seine Art der Verhandlungsführung kritisch beobachtet wurde; daß sie aber letztlich wegen der überwiegend positiven Früchte, die das Verhandlungsergebnis im Keim in sich birgt, gutgeheißen wurde. Er weiß, daß er während der Nacht den Entschluß, seine Aquarelle zu verkaufen, noch einmal und mit absoluter Bestimmtheit getroffen hat und daß ihm erst während dieser Nacht in der anderen, ungewohnteren Umgebung, in der er sich befand, die Tragweite und die in die Zukunft weisende Wirkung dieses Entschlusses klargeworden war. Und zuletzt weiß Münzing, daß er während dieser Nacht auch das Geschehen um die Befreiung des Florestan durch seine Gattin Leonore noch einmal, und zwar als Geschehen in der Gegenwart, miterlebte. Und daß dieses Geschehen von der persönlichen Ebene, auf der es sich zwischen den Gatten abspielte, gleichzeitig auf eine andere, allgemeingültigere Ebene gehoben war; auf eine Ebene, auf der Zuversicht, Hoffnung und die Möglichkeit des Guten so reale Gegebenheiten sind wie die Sonnenstrahlen, die jetzt hier im Zimmer durch die vom Vorhang unverdeckten Fensterflächen hereindringen.

Münzing liegt noch immer auf dem Rücken in seinem Bett. Er hat noch immer die Decke bis zum Kinn hochgezogen. Jetzt schaut er mit geöffneten Augen. Jawohl. Alles ist da. Alles ist wie immer. Der gewohnte Schlafraum. Münzing ist erwacht. Er ist erstaunt, daß der Vorgang, den er eben durchlebt hat, von den allermeisten Menschen üblicherweise als Aufwachen bezeichnet wird. In diesem Augenblick meint er, es wäre doch offensichtlich das Gegenteil von Erwachen eine viel passendere Bezeichnung für dieses Geschehen. Aber jeder Mensch sagt »Erwachen«, wenn er sich am Morgen, aus dem Schlaf kommend, im Bett wiederfindet und dann aufsteht. Warum eigentlich? Münzing verwendet einige Zeit, diese Tatsache zu bedenken. Aber er weiß, daß es sinnlos ist, darüber nachzudenken. Entweder man weiß, wo man während der Nacht im Schlaf gewesen ist; oder man ahnt es zumindest. Dann, so denkt er, erwacht man nicht, sondern entschläft aus einer anderen, vielleicht realeren Welt ins Tagesbewußtsein; oder man weiß nicht, wo man während der Nacht im Schlaf gewesen ist; dann erwacht man eben.

Münzing hebt seine Beine leicht an, zieht dann seine Knie ein wenig in die Höhe und streckt sie wiederum aus. Einmal, zweimal, zehnmal. Dadurch rutscht die Decke langsam zum Ende des Bettes. Eine Minute, und sie liegt als kleine Hügellandschaft zu seinen Füßen. Eine Art, sich abzudecken, die Münzing manchmal als Kind praktiziert hat; und die seine Mutter stets verärgert hat. Warum? Das hat er damals nie herausbekommen. Später übrigens auch nicht. Aber wenn er will, hört er es immer noch: Bitte! Sei so gut. Das ist keine Art, sich abzudecken. Man schlägt ganz einfach die Decke nach rechts oder nach links. Wie kann man sich nur so unordentlich abstrampeln! Münzing war immer ein gefälliges Kind. Er hat sich selten abgestrampelt. Wenn schon, dann hat er die Decke nachher zusammengelegt. Außer er war gerade im Kriegszustand mit seiner Mutter. Und es lag ihm an einem leichten Sieg. Du hast dich abgestrampelt! Und? Warum nicht? Das ist unordentlich! Wieso? Das weiß ich nicht. Ich weiß nur, daß es unordentlich ist. Und Schluß! Aha, sagte dann der kleine Knabe und war zufrieden.

Münzing steht auf, geht ins Badezimmer, zieht den Schlafanzug aus und hängt ihn sorgfältig auf einen Haken. Er geht unter die Dusche. Erst warm. Dann rasieren. Dann wieder unter die Dusche. Zuerst warm, dann kalt. Münzing trocknet sich ab, nimmt ein wenig Rasierwasser und reibt damit Wangen und Kinn ein. Er nimmt ein wenig Eau de Cologne und befeuchtet damit die Stirne. Er geht ins Schlafzimmer und bekleidet sich. Münzing fühlt sich wohl. Kühl und frisch. Und unternehmungslustig. Er geht ins Arbeitszimmer und setzt sich an den Schreibtisch; kramt ein wenig herum. Natürlich. Kein Plan für den Tag. Wozu auch? Seit gestern nacht kenne ich die Richtung, in der ich weitergehen muß. Aber das Wie? Das ist mir vorläufig kaum bekannt. Aber bitte. Ich werde sehen, wie die Dinge laufen werden. »Learn as you go«, sagen die Engländer. Bitte sehr. Das kann ich auch. Münzing verläßt die Wohnung und dreht den Schlüssel im Schloß. Klick. Die Alarmanlage. Mein Gott! Diese idiotische Alarmanlage. Das habe ich notwendig gehabt. Als ob etwas fehlen würde, wenn hier einiges ausgeräumt wird. Münzing verläßt das Haus. Er kauft wie gewohnt die Morgenzeitungen. Nein. Danke. Ich weiß, daß Sie seit kurzem auch Taschenbücher führen. Heute nicht.

Münzing überquert die Straße. Er geht durch den Park. Er schlägt den Weg ein, der am Teich vorbeiführt. Tatsächlich! Dieselbe alte Frau am Rasen vor dem Teich, die auch gestern hier war. Dasselbe Geschehen. Sie füttert. Streut gelassen und ohne jede Bevorzugung. Alle werden satt. Die Großen und Dicken brauchen eben mehr. Warum nicht? Den Kleinen scheint es jedenfalls recht zu sein. Münzing geht weiter. Da ist er. Der Lebensbaum. Die Fackel. Die Lebenskraft, die zum Himmel leuchtet, die sogar den hellblauen, den sonnendurchfluteten Himmel noch zu erhellen scheint. Münzing begrüßt den Baum wie einen Menschen. Er kommt sich in keiner Weise lächerlich vor dabei: Guten Morgen. Schön, dich zu sehen. Jawohl. Ich freue mich wirklich. Alles Gute für den heutigen Tag. Auf Wiedersehen.

Einige Schritte, und Münzing steht vor dem Haus, in dem sich sein Büro befindet. Er besinnt sich einen Augenblick lang; geht dann weiter. Zwanzig oder dreißig Meter. Ein winziges Lokal. Auf der Glasscheibe der Eingangstür die sinnige Bezeichnung: Chez nous. Die Buchstaben sind im Glas eingeätzt. Münzing tritt ein. Links eine Bar mit Kaffeemaschine. Rechts zwei Tische mit je zwei Sesseln daneben. Das ist alles. Münzing bleibt an der Theke stehen. Er bestellt Kaffee, nimmt dann eines der Brötchen, die auf einer Tasse neben der Kaffeemaschine liegen, und beginnt zu essen: Ein schöner Tag, Herr Münzing. Nicht wahr? Sie sind schon lange nicht dagewesen. Nach diesen Worten widmet sich der Mann hinter der Bar wieder der Kaffeebereitung.

Der kennt mich. Münzing ist im ersten Moment erstaunt. Dann erinnert er sich: Jawohl. Das ist noch immer derselbe Mann. Der muß schon lange Zeit hier sein. Es fällt ihm ein, daß er vor einigen Jahren häufig dieses kleine Lokal besucht hat. Mit Verena. Damals habe ich sie oft mittags hier getroffen. Wir haben irgend etwas getrunken und sind dann weitergezogen. Daß mich der Mann über die Jahre hin im Gedächtnis behalten hat. Und noch dazu meinen Namen. Münzing verzehrt sein Brötchen. Der Besitzer des Chez nous stellt ihm den Kaffee hin. Münzing trinkt. Bezahlt. Grüßt. Geht.

Etwas später ist es dann so, wie es immer war. All die Jahre hindurch. Münzing steht vor der Haustür und läutet. Tiller ist schon im Büro und öffnet die Tür, indem er die Taste an der Vorderseite des Lautsprecherkästchens drückt, das auf seinem Schreibtisch steht. Münzing geht ins Haus. Er steigt zum Büro hinauf. Kein Aufzug. Ein wenig Morgensport. Er kommt zur Tür und läutet. Tiller öffnet. Lächelt. Münzing tritt ein. Was ist da jetzt anders? Natürlich! Noch nie lächelte Tiller, nachdem er mir die Tür aufgemacht hat. Heute lächelt er. Irgendwie überlegen. Als ob er etwas wüßte, was ich noch nicht weiß.

Die zwei Männer begrüßen einander. Münzing geht in seinen Arbeitsraum. Tiller folgt nach. Münzing setzt sich an seinen Schreibtisch. Tiller bleibt daneben stehen: Sie erinnern sich, Herr Münzing? Ich habe gestern noch Ihre Reise nach Altstätten vorbereitet. Schon wieder dieses Lächeln. Es ist zum Verrücktwerden. Er scheint zu wissen, was ich tun werde. Er weiß alles. Vielleicht auch das, von dem ich noch nicht weiß, daß ich es tun werde; weil es mir noch nicht in den Sinn gekommen ist; weil ich die Richtung kenne, in die ich gehen werde, aber noch nicht den Weg. Herr Münzing, sagt Tiller, Sie müßten morgen um zehn Uhr vormittags den Zug vom Zentralbahnhof nehmen. Sie wären um etwa zwölf Uhr fünfzehn in Altstätten. Dort würde Sie ein Vertreter der Fenerel-Werke abholen. Zuerst ein Arbeitsessen. Dann müßten Sie den Betrieb besichtigen.

Der Tiller macht mich rasend. Warum sagt er immer: müßte, wäre, würde. Warum redet er in der Möglichkeitsform? Warum nicht in der Wirklichkeitsform? Herr Tiller! Da Ihnen scheinbar bekannt ist, daß ich mich entschlossen habe, nicht zu den Fenerel-Werken zu fahren, frage ich mich, warum Sie mich mit sicherlich nicht mehr aktuellen unsinnigen Details quälen müssen; mit Einzelheiten einer Reise, die es nicht geben wird? Bitte! Wie Sie wünschen, Herr Münzing! Tiller geht zurück in sein Büro. Schließt leise die Tür hinter sich zu. Münzing ärgert sich. Ein wenig über sich selbst, ein wenig über Tiller: Wie der hinausgeht aus diesem Raum. Wie der die Tür hinter sich zumacht. So schließt man die Tür eines Krankenzimmers. Um ja nicht zu stören. Münzing steht auf. Er geht zum Fenster und blickt gedankenverloren über den Park. Ja. Ich gebe es zu. Ich habe gezögert, nach Altstätten zu fahren. Heute früh vor allem. Aber ich war noch keineswegs entschlossen, nicht zu fahren; nicht diese idiotischen Fenerel-Werke zu besichtigen und einen weiteren Verkauf eines Industrieunternehmens zu vermitteln. Manipuliert mich der Tiller eigentlich? Hat er mich eben in diese Absage hineinmanövriert?

Münzing geht wieder zu seinem Schreibtisch. Er ruft Tiller herein. Der klopft an, öffnet, tritt ein und lächelt. Jetzt aber anders als vorher. Tiller lächelt nun gütig. Mit einem vergebenden Zug im Gesicht. So als ob er sagen würde: Ich weiß, du bist nervös. Wer wäre es nicht in deiner Lage? Selbstverständlich kannst du dich ein wenig austoben. Ich ertrage es schon. Münzing vermeidet es, Tiller weiterhin anzusehen. Er blickt auf das Blatt Papier, das vor ihm auf dem Schreibtisch liegt; kramt dann ein wenig herum. Herr Tiller! Ich habe Sie gestern ersucht, nach Hamburg zu schreiben; wegen des Verkaufes meiner Aquarelle. Haben Sie an den Heinemann geschrieben, wie ich Sie ersucht habe? Herr Münzing. Wenn ich Sie erinnern darf. Sie sagten gestern, ich möge schreiben oder anrufen. Ich habe gestern noch in Hamburg angerufen. Herr Heinemann kommt heute um elf Uhr hierher ins Büro. Zu einer Besprechung mit Ihnen, um dann anschließend am Nachmittag eventuell die Sammlung besichtigen zu können. Ich habe heute leider noch keine Gelegenheit gefunden, Ihnen diesen neuen Termin mitzuteilen. Sie waren vorher zu beschäftigt gewesen mit der Absage der Reise nach Altstätten. Jetzt blickt Münzing zu Tiller auf. Nur eine Hoffnung gibt es. Daß er jetzt nicht lächelt. Tiller lächelt nicht. Er hat vielmehr jenen ernsten, etwas fragenden, besorgten und absolutes Vertrauen einflößenden Ausdruck in seinem Gesicht, der erstklassige Sekretäre von anderen, weniger ausgezeichneten unterscheidet. Gut, Herr Tiller. Ich danke Ihnen. Ich werde Sie rufen, wenn ich Sie wieder brauche. Tiller geht. Schließt leise die Tür hinter sich.

Münzing ist beschäftigt. Er wird ununterbrochen angerufen. Jetzt ist die klassische Zeit der Telephonate. Geschäftsfreunde sind am Apparat. Bekannte. Sogar Journalisten. Ob ihm bei dem Verkauf der Günther-Werke an ein ausländisches Konsortium von staatlicher Seite Schwierigkeiten bereitet worden wären? Nein. Ob Schwierigkeiten zu erwarten seien? Nein. Es ist alles abgeschlossen. Die zuständigen Ministerien haben schon vor längerer Zeit ihre Genehmigungen erteilt. Wie es in Zukunft sein werde? Wie soll ich das wissen? Es müßte ein entsprechendes Gesetz entworfen werden; im Parlament eingebracht werden. Jawohl. Mit dem Ziel, die Industrie des Landes in heimischen Händen zu bewahren. Nein. In einem Zeitalter zunehmender Liberalisierung der internationalen Handelsbeziehungen kann ich mir so ein Gesetz nicht vorstellen. Auf Wiederhören. Dann ruft Münzing Verena an. Guten Morgen. Gut geschlafen? Wie es mir geht? Gut. Danke. Was es Neues gibt? Daß ich dich noch immer liebe. Und sonst? Du kennst mich doch. Wenn Neues, dann gleich eine ganze Menge. Womöglich alles an Neuem, das erreichbar ist. Wie geht es denn dir? Bestens? Sehr gut. Wieso? Was heißt, ich klinge so komisch durch das Telephon. Natürlich. Ich habe dir doch gesagt, daß sich einiges tut. Nein. Oder auch ja. Auch geschäftlich. Selbstverständlich. Nein. Unmöglich. Das kann ich dir unmöglich am Telephon erzählen. Du wirst ja bitte nicht vergessen? Heute am Abend. Ich freue mich schon sehr. Also bis später. Alles Gute.

Zehn Uhr fünfundvierzig. Die Glocke: Das kann doch noch nicht der Heinemann aus Hamburg sein? Aber schon öffnet Tiller. Es ist der Heinemann aus Hamburg. Tiller führt ihn in Münzings Arbeitsraum. Die Herren kennen sich. Sie begrüßen einander herzlich. Schließlich hat

Münzing einige bedeutende Blätter seiner Sammlung bei den Heinemann-Auktionen erworben. Münzing ladet seinen Gast ein, Platz zu nehmen; nicht auf einem der hohen Stühle, die um den ovalen Tisch gereiht sind, sondern auf einem der beiden Polstersessel, die neben dem kleinen Tischchen mit dem Telephon stehen. Dort, wo darüber an der Wand das Stilleben von Heda hängt. Heinemann setzt sich. Münzing nimmt neben ihm Platz. Er rückt seinen Polstersessel ein wenig vor, damit er gegenüber Heinemann zu sitzen kommt. Der beginnt: Herr Münzing. Ich wurde gestern angerufen. Sie wollen sich von Ihren Aquarellen trennen. Ein kluger Entschluß. Ich kann Ihnen sagen, jetzt ist gerade der richtige Zeitpunkt. Wer weiß, wie der Markt sich entwickeln wird? Bei diesen Preisen heutzutage. Eigentlich ist es ein Zufall, daß ich schon hier bin, schon heute kommen konnte. Aber da ich sowieso nach Märzheim reisen muß, habe ich die Gelegenheit ergriffen und bin bei Ihnen vorbeigekommen.

Münzing weiß, wie man Verhandlungen führen muß. Vor allem Verkaufsverhandlungen. Vorbehaltlos bewundert er die Taktik, die Heinemann an den Tag legt. Natürlich. Ganz zufällig kommt er vorbei. Am liebsten wäre er schon gestern am Nachmittag dagewesen, wenn es zu machen gewesen wäre. Kein Wunder. Für den Heinemann ist ja auch eine ganz schöne Menge

Geld drinnen, wenn er das alles kaufen kann. Ja sogar noch, wenn er die Blätter nur zur Versteigerung bekommt. Aber ich werde nicht versteigern lassen. Ich werde verkaufen. Wenn ich etwas nicht haben will, dann ist es das Aufsehen, das mit einer Auktion verbunden ist. Von den großen Meistern des Kunstmarktes bis hin zu den kleinsten Lemuren. Jeder würde aufmerken. Aha. Die Münzing-Sammlung kommt unter den Hammer. Dann der Katalog, der weiterleben würde; den es in hundert Jahren noch gäbe, falls in hundert Jahren noch Antiquariate existieren sollten. Bitte schauen Sie. Ein seltenes Stück. Das ist der Katalog der Münzing-Sammlung, die damals versteigert wurde. Der Münzing? Der ist Ihnen kein Begriff? Mir auch nicht, um ehrlich zu sein. Muß aber ein wohlhabender Mensch gewesen sein. Damals.

Nein. Wozu das Ganze? Aber jetzt werde ich den Heinemann noch ein wenig arbeiten lassen für das Geld, das er an meinen Blättern verdienen wird. Und Heinemann legt sich ins Zeug. Natürlich, Herr Münzing; Sie haben zum Großteil zu einer Zeit gekauft, da manches in Ihrem Besitz noch recht erschwinglich war. Aha, denkt Münzing; gerade daß er nicht billig sagt. Heinemann redet weiter; freundlich und freundschaftlich, fast in einem Plauderton: Ich kann mich an viele günstige Käufe erinnern, die Sie bei mir über die Jahre hin getätigt haben. Ja. Und dann in London, soviel ich weiß. Vor allem Ihre Turner. Ich kenne natürlich nur einen Teil Ihrer Sammlung. Natürlich, Herr Heinemann. Wir müssen die Blätter besichtigen. Ich weiß nicht, Herr Münzing, ob Sie sich von allem trennen wollen? Dann wäre natürlich ein direkter Verkauf das günstigste. Wieso, Herr Heinemann? Sie wissen selbst, Herr Münzing, wie es bei Auktionen zu sein pflegt. Manches bleibt liegen. Nur wenige Bilder werden in die Höhe getrieben. Und Sie wissen, wie lange es dauern kann, bis alles verkauft ist. Manches muß man zweimal oder dreimal anbieten, vielleicht sogar ins Ausland geben. Das kann Jahre dauern. Aber Herr Heinemann; das kann doch für mich ohne jede Bedeutung sein. Wie Ihnen bekannt sein dürfte, trenne ich mich sicherlich nicht aus finanziellen Gründen von meinen Blättern. Natürlich nicht, Herr Münzing. Das sind private Gründe, die im Spiel sind. Es kommt eben einmal ein Punkt, da will man nicht mehr. Da gibt es Besseres zu tun. Das ist richtig, Herr Heinemann.

Wenn ich zum Beispiel den Heda hier ansehe, sagt Heinemann. Das Bild, das da hängt. Ein schönes Stilleben. Das wäre vielleicht ein neues Gebiet für Sie. Das erste Stück einer neuen Sammlung. Holländische Stilleben des siebzehnten Jahrhunderts. Das wäre etwas, das gerade noch relativ günstig ist. Der Heinemann hat keine Ahnung, denkt Münzing. Er kann aber auch keine haben. Wie soll er wissen, daß ich Schluß machen will. Dieser Verkauf wird der erste Schritt sein. Dann ist allerdings das Geld da. Dann wird es wiederum kompliziert. Natürlich glaubt er, daß ich weitertun will. Dasselbe, nur anders. Nein. Danke. Eigentlich sonderbar. Der Zweigmann mit seiner Sammlung antiker Gläser ist gestorben. Geldverdienen als Sport und antike Gläser kaufen. Das war sein Leben. Ohne viel nachzudenken, habe ich gestern erfaßt: das ist es nicht. Das wird in Zukunft uninteressant sein für mich. Eigenartig. Wenn ich mich erinnere, wie es gestern war. Keine Sekunde habe ich gezögert. Ich habe ganz einfach gewußt: das ist es. Das ist die richtige Entscheidung. Das mußt du tun. Weg damit. Aber bitte. Paß auf! Der Heinemann muß sonst glauben, du bist nicht ganz am Damm. Wenn du solche Gesprächspausen einlegst. Herr Heinemann. Wir werden ja sehen. Ihre Idee ist gut. Sehr gut sogar. Wer will heutzutage schon Stilleben. Aber das wird anders werden. Da haben Sie recht. Naja. Warum nicht? Es kann nur gut sein, wenn der alte Hase aus Hamburg glaubt, sich eine Kundschaft zu erhalten. Vor allem eine Kundschaft für seine Ladenhüter.

Darf ich Sie einladen, Herr Heinemann? Zu einem kleinen Mittagessen? Ja, selbstverständlich. Ein wenig nur. Bitte. Nachher dann in meine Wohnung. Dort sind die Blätter aufbewahrt. Alle?

Ja, alle. Nie in meinem Leben habe ich Aquarelle in einem Safe gehabt. Darf ich Sie bitten? Münzing steht auf. Heinemann folgt ihm. Münzing öffnet die Tür. Er läßt Heinemann zuerst in Tillers Büro eintreten. Tiller blickt von seinem Schreibtisch auf; erhebt sich. Münzing sagt ihm, daß er ihn heute nicht mehr im Büro erwarten möge. Also bis morgen, Herr Tiller. Gut, Herr Münzing. Auf Wiedersehen. Auf Wiedersehen, Herr Heinemann. Münzing verläßt mit seinem Gast das Haus. Italienisch, Herr Heinemann? Bitte, gerne. Wenn man sich nicht mit Teigwaren vollstopft, ist es das gesündeste Essen, das es gibt. Gerne. Ja, Herr Heinemann, ganz in der Nähe. Zwei Straßen weiter. Klein, aber ausgezeichnet. Mit einem Garten. Bei diesem herrlichen Wetter besonders angenehm. Gerne. Fünf Minuten später sitzt Heinemann mit Münzing an einem Tisch im Garten jener Restauration, in der dieser auch gestern zu Mittag gegessen hat. Derselbe schwarzweiße Kellner. Nein, danke, keinen Wein, sagte Heinemann. Ich muß noch fit sein am Nachmittag. Aha. Er nimmt mich ernst, denkt Münzing. Sagt zum Kellner: Nein. Für mich auch keinen. Mineralwasser. Dann gedünstete Melanzani. Und gekochtes Huhn. Dann bestellt Heinemann: Für mich Kürbis mit Tomaten. Ja. Und ebenfalls gekochtes Huhn. Und Salat. Jawohl. Sehr gut. Zichorien. Für Sie auch, Herr Münzing? Gut. Also zweimal bitte.

Während die beiden auf das Essen warten, beginnt Heinemann zu plaudern. Einen schönen Heda haben Sie in Ihrem Büro, Herr Münzing. Ganz besonders schön. Ein Bild für Kenner. Wirklich nicht leicht zu verkaufen, heutzutage. Aber was sagt das schon? Aha, denkt Münzing, gestern der Erich Franziskus Günther, heute der Heinemann. Aber wie er gleich vorbaut, der schlaue Fuchs. Schwer zu verkaufen, heutzutage. Mit keinem Wort habe ich erwähnt, daß ich das Bild hergeben will. Außerdem hat er doch gemeint, daß es der Anfang einer neuen Sammlung sein könnte. Ist es möglich, daß der Heinemann mit seinem kaufmännischen Instinkt etwas ahnt, dessen ich mir selbst noch nicht bewußt bin? Aber gerade dieses Bild kann ich doch nicht hergeben. Das gehört doch sozusagen zur Einrichtung. Laut setzt Münzing fort: Da haben Sie die Wahrheit gesagt, Herr Heinemann. Ein schönes Bild; aber unverkäuflich. Das habe ich nicht gesagt, Herr Münzing. Ich habe vielmehr gesagt, daß es schwer verkäuflich ist. Alles kann man verkaufen, wie Sie wissen. Zu seinem jeweiligen Preis. Und wenn es nur gekochtes Huhn ist. Was übrigens diesen Heda betrifft. Da ist es wirklich nicht leicht heute. Sicherlich haben die meisten Menschen nicht die innere Ruhe, solche Bilder richtig anzusehen, zu betrachten. Wahrscheinlich haben die Leute nicht die Muße, gerade mit einem Bild wie es Ihr Heda ist, richtig zu leben. Solche Bilder kaufen dann die

Kunden, die ich am meisten hasse, nämlich jene, die Geld anlegen wollen. Die haben nicht die geringste Beziehung zu einem Kunstwerk. Ein Scheck wird ausgestellt, und ein bedeutendes Bild, eines, das Menschen erfreuen könnte, ein Bild, welches das Leben von Menschen verändern könnte, verschwindet in einem Safe.

In der Tür zum Garten erscheint der Kellner mit einem großen Tablett. Tatsächlich. Das sind schon unsere Speisen. Der Kellner stellt vorgewärmte Teller auf den Tisch, das Huhn und die verschiedenen Gemüse in Schüsseln daneben. Der Salat. Natur. Dann Essig, Öl und Salz. Und Besteck. Auch zum Vorlegen. Stoffservietten. Es stimmt, Herr Münzing. Ein guter Platz. Gut und angenehm zu essen. Münzing legt vor. Beide essen langsam, fast behaglich; plaudern dazwischen. Ein wenig Huhn. Ein wenig Kunstmarkt. Ein wenig Gemüse. Und ein wenig Information über Aquarelle. Warum gerade heute das neunzehnte Jahrhundert um so vieles beliebter ist als das zwanzigste Jahrhundert? Ein wenig Salat. Und ein wenig Kampf um Positionen. Ein kleiner Stellungskrieg. Ein wenig hin und her. Ein wenig Manövrieren. Wer wohl später, gegen Abend, wenn die Besichtigung vorbei sein wird, die bessere Ausgangsbasis haben wird? Wenn dann zuletzt über den Preis gesprochen wird. Hier agieren zwei Meister. Und Münzing ist der bessere. Aus einem ganz einfachen Grund. Weil ihm tief in seinem Herzen an dem Verhandlungsergebnis nichts mehr liegt. Weil ihm das bereits völlig gleichgültig geworden ist.

Die Mahlzeit ist beendet. Münzing und Heinemann reden noch ein wenig. Dazwischen längere Pausen. Münzing bezahlt. Darf ich Sie ersuchen, Herr Heinemann, mein Gast zu sein? Danke. Gerne. Darf ich Sie bitten, Herr Heinemann. Ich meine, wir können zu Fuß gehen. Zehn Minuten höchstens. Quer durch den Park. Münzing und Heinemann verlassen den Restaurationsgarten. Der Fußgängerübergang. Der ist jetzt wichtig. Gegen Ende der Mittagszeit sind viele Automobile unterwegs. Nebeneinander warten beide auf das Grünlicht. Nebeneinander überqueren sie die Straße. Münzing schlägt den kürzesten Weg durch den Park ein. Die Direttissima. Warum eigentlich? Warum will ich nicht, daß der Heinemann den Teich sieht? Warum will ich nicht, daß er den Baum sieht? Den einen, den strahlenden Baum im Park. Aber vielleicht könnte er irgendeine dumme Bemerkung machen. Wie zum Beispiel: Da schau her. Dieser Baum hat mehr Blüten als Blätter. Das kann doch nicht gesund sein. Oder die alte Frau füttert beim Teich. Und er sagt: Die könnte auch etwas Sinnvolleres tun, als den Vögeln hier guten Mais und gutes Korn zu streuen. Wo so viele Menschen hungern in der

Welt. Also die Direttissima. Nur wenige Worte werden gewechselt. Die meiste Zeit gehen beide schweigend nebeneinander. Zehn Minuten später öffnet Münzing die Tür zu seiner Wohnung.

7
Der Verkauf

Bitte! Treten Sie ein, Herr Heinemann. Darf ich Sie bitten. Hier herein. Heinemann steht im Salon von Münzings Wohnung. Er blickt um sich. Münzing bietet ihm einen Stuhl an. Heinemann bleibt stehen; sagt: Später bitte. Er verhält sich eben, wie es Menschen tun, die zum ersten Mal eine fremde Wohnung betreten. Er fragt, ob er sich ein wenig umsehen dürfe. Natürlich. Wie Sie wollen, Herr Heinemann. Tun Sie sich keinerlei Zwang an. Sie sind hier zu Hause. Und Heinemann tut, was fast alle anderen getan haben, als sie zum ersten Mal dieses Zimmer betreten haben. Er geht zur Wand, an der die Bücher stehen. Er schaut. Nach einer Weile liest er laut einen Titel: »Muther, Geschichte der Malerei.« Sagt dann: Das war einmal ein Standardwerk. Heute ist es nur noch ein historisches Dokument. Und davor der Munthe. Das Buch von San Michele. Was für ein Traum. Wer wollte nicht so leben? Ich nicht, Herr Heinemann. Obwohl Münzing weiß, daß man einen Verhandlungspartner vor der entscheidenden Phase des

Gespräches nicht vor den Kopf stoßen soll, kann er sich nicht zurückhalten: Ich nicht, Herr Heinemann. Ich glaube, man muß mehr tun, muß sich mehr um Menschen kümmern, als es Munthe selbst als Arzt getan hat. Man muß sozialer leben. Und damit meine ich, weniger elitär. Was hat er denn getan, der Axel Munthe? Er war doch auch nichts anderes als ein Sammler. Er hat eben ein Haus gesammelt. Das ist der einzige Unterschied. Heinemann blickt einen Moment lang zu Münzing, der sich eben in einen der Polstersessel setzt. Nur eine Sekunde lang. Dann ist er mit seinen Augen sofort wieder bei den Büchern. Aber Heinemann verstand. Münzing hat das Tor, das in sein Inneres führt, einen Augenblick lang geöffnet. Heinemann sind zumindest die Grundlagen der Motive klargeworden, die Münzing zum Verkauf seiner Aquarelle veranlassen. Heinemann scheint es, daß Münzing wegen der Äußerung, die er eben getan hat, in keiner Weise beunruhigt ist. Vielleicht weiß Münzing nicht, wieviel er preisgegeben hat? Vielleicht hat er eine Tür zu einem Reich geöffnet, in dem er selbst noch fast ein Fremder ist; zu einem Reich in seiner Seele, das er noch gar nicht kennt, dessen Existenz er erst zu erahnen beginnt, in dem er aber vielleicht bald zu Hause sein wird.

Heinemann geht zur Fensterwand und blickt über den Park. Er bewundert die Aussicht und gibt einige Gemeinplätze von sich. Soviel Grün in einer Großstadt. Das ist ja besonders schön. Man befindet sich gerade über den Baumkronen. Ein herrlicher Blick. Heinemann bleibt bei einem der Fenster stehen. Schaut noch immer hinaus. Münzing bedenkt, was der Heinemann wohl sieht. Ob er nur Bäume sieht? Gleichgültige Bäume? Pflanzen? Gewächse, die einer Gattung zugezählt werden können? Einer Gattung, die ein gewisser Linné vor langer Zeit in Klassen und Gruppen und Untergruppen eingeteilt hat. Oder ob er einen Park sieht? Eine Ansammlung gewisser Pflanzen in der Stadt. Ob er ihn sieht? Den Strahlenden? Münzing steht auf, geht zu Heinemann und bleibt neben ihm stehen. Er blickt jetzt ebenfalls über den Park. Sucht. Natürlich! Heute sehe ich ihn. Dort hinten. Das ist er. Der Strahlende. Der Fruchtbare. Der selbst den sonnigen Tageshimmel in seiner Umgebung ein wenig heller macht. Verstohlen schaut Münzing zu Heinemann hinüber. Nein. Der sieht ihn nicht. Vielleicht kann er ihn auch gar nicht sehen. Und die alte Frau, die füttert? Die ist auch da. Ich sehe sie. Ich weiß es. Wo immer sie sich auch jetzt aufhalten mag. Für mich, für mich allein steht sie am Teich und füttert. Jetzt. In diesen Minuten. Für mich allein steht sie dort. Ausschließlich für mich. Und füttert. Heinemann sieht nichts. Er kann auch nichts sehen. Und die Gärtner? Wo sind die in diesem Augenblick. Vielleicht ist ihre Dienstzeit schon vorbei? Vielleicht sind sie auf dem Heimweg? Vielleicht sitzen sie schon in ihren Wohnungen? Essen? Plaudern? Das ist doch ganz gleichgültig. Für mich allein. Jawohl. Für mich allein setzen sie die Blumen, halten einen Augenblick inne, bevor sie die Pflanzen in die Erde legen. Für mich allein steht der dritte Gärtner noch beim Baum neben den Beeten und sägt tote Äste ab. Ich sehe sie alle. Die alte Frau. Die Gärtner. Und ihn, den Baum. Wie könnte Heinemann sie sehen? Er weiß doch nichts von ihnen.

Münzing geht vom Fenster weg. Er setzt sich wieder. Heinemann folgt ihm einige Sekunden später. Darf ich Ihnen eine Limonade anbieten, Herr Heinemann? Nein? Sie haben recht. Aquarelle neben Gläsern, die mit Flüssigkeit gefüllt sind, neben Gläsern, die umgestoßen werden können; das ist ein Gedanke, der auch mich nervös macht. Also beginnen wir, Herr Heinemann. Münzing steht auf und geht zum Kasten, der links an der Wand des Salons neben der Tür zum Vorzimmer steht. Er öffnet das Schloß der obersten Lade und zieht diese vielleicht dreißig Zentimeter weit heraus. Er nimmt eine Mappe und legt sie auf den Tisch. Heinemann öffnet und beginnt zu blättern. Keine Angst, Herr Heinemann, alles ist in Passepartouts. Aber abgesehen davon. Sie werden keine wie immer geartete Ordnung feststellen können. Keine Systematik, nach der die Blätter gereiht wären. Nicht daß ich keine Ordnung halten würde. Aber die Grundlagen sind zu subjektiv. Sie könnten das Prinzip nicht ohne Erläuterungen erfassen. Sehen Sie. Die verschiedensten Blätter liegen nebeneinander. Das einzige, das sie verbindet, ist die Stimmung, die sie in mir beim Betrachten erzeugten; übrigens, wie ich gerade sehe, noch immer erzeugen. In der ersten Lade, da liegen die Aquarelle, die in mir Melancholie hervorrufen. Sehen Sie. Es müssen keine Blätter sein, auf denen offensichtlich Schwermütiges dargestellt ist. Hier haben Sie das Portrait eines jungen Mädchens. Aber sitzt nicht der Tod in ihren Augen? Hier ein kleiner Zweig. Nichts anderes als ein kleiner Zweig. Eine einzige Blüte. Von Ruskin, übrigens. Sie wissen? Natürlich wissen Sie, daß er neben seinen anderen vielfältigen Beschäftigungen hervorragend aquarelliert hat. Stimmt Sie dieser zarte, vergängliche Zweig nicht melancholisch? Hier. Ein sehr gutes Blatt. Thomas Ender. Ein Berg in den Alpen. Spätwinter. Oder ganz frühes Frühjahr. Wie man will. Jedenfalls eine leere Welt. Kein Mensch ist zu sehen. Kein Haus. Nicht einmal eine Scheune gibt es. Menschenleer ist es hier. Oder das nächste Blatt. Eine Palme. Im Hintergrund ist die Fassade des Hotels Angleterre in Nizza angedeutet. Von Francis White. Society of English Water Colourists. Ja. Ein guter Mann. Aber sehen Sie sich das Bild doch an. Dieser trübe, heiße Himmel. Diese

Palme lebt, weil sie muß. In einer Gegend, die ihr fremd ist. Melancholie.

Heinemann blättert weiter. Münzing kommentiert hie und da. Der Mappe aus der ersten Lade folgt die Mappe aus der zweiten. Da ist die Lebensfreude, Herr Heinemann. Der Melancholie folgt die Lebensfreude. Hier haben Sie gleich den ersten Turner. Sonnenaufgang über dem Meer. Jawohl. Die ganze Zukunft der Menschheit liegt in diesen Farben verborgen. Und außer Farben und Zukunft ist nichts zu sehen auf dem Blatt. Die Formen sind aufgelöst. Was eben an Formen da sein kann. Die Linie, die quer durch das Bild gehen sollte; die Linie, die wir Horizont nennen. Der Kreis, den wir Sonnenscheibe nennen. Nichts davon zu sehen. Die Formen sind aufgelöst. Gut. Aber nicht zerstört. Sie sind aufgelöst, weil in ihrer Lösung das Kommende ahnbar wird; die Zukunft aufleuchtet. Das da kann der Schöpfungstag sein. Jener Tag, an dem zum ersten Mal über den Wassern die Sonne aufgeht. Es kann der Tag sein, an dem die Zehntausend mit Xenophon nach langer Irrfahrt wieder das Meer erblicken. Es kann der Tag sein, an dem Antonius in Ägypten landet; oder der Tag, an dem Kolumbus zum ersten Mal die Neue Welt sichtet, das neue Land betrachtet. Münzing hält plötzlich inne. Er schaut zu Heinemann. Nein. Der hat nichts gemerkt. Wie ich mich da hineingesteigert habe in das Bild.

Heinemann blättert weiter. Ich brauche keine Angst zu haben. Der Heinemann registriert jetzt nur, rechnet nur. Der hat genug damit zu tun, sich die Zwischensummen zu merken. Er macht sich ja keinerlei Notizen.

Münzing trägt die ersten zwei Mappen zum Schrank zurück. Legt sie wieder in die entsprechenden Laden. Er öffnet die dritte und bringt die nächste Mappe zum Tisch: Herr Heinemann. Ich kenne Sie schon lange. Wie man sich eben kennen kann, wenn die Grundlage der Bekanntschaft eine geschäftliche Beziehung ist. Sie haben andere Kriterien, Bilder zu beurteilen, als Sammler oft haben. Sie kennen mich. Sie kennen meinen Beruf. Gerade deshalb mag es für Sie sonderbar klingen, was ich Ihnen jetzt sagen werde. Ich könnte Sie die Blätter auch ohne jeden Kommentar meinerseits durchsehen lassen. Aber warum? Bitte. Das hier ist die Mappe: Hoffnung und Zuversicht. Heinemann hat nicht gelächelt. Ist er ein zu guter Geschäftsmann, um jetzt zu lächeln? Oder hat er etwas vom Wesen Münzings erfaßt; von einer Haltung, die in ihm vielleicht eine gewisse Achtung hervorruft? Hier, Herr Heinemann, ist der zweite Turner. Eine Abendstimmung. Erkennen Sie die Lokomotive? Man sagt, es sei der London-Edinburgh-Express. Schon in Schottland. Er nähert sich eben der Stadt. Sie verstehen, Herr Heinemann. Damals war so eine Reise ein Abenteuer. In jeder Beziehung ein Abenteuer. Zuerst einmal in technischer Hinsicht. Es gab kaum Gewißheit, das Ziel zu erreichen. Und dann, was die Menschen betrifft; man war noch nicht gewohnt, rasch große Entfernungen zurückzulegen. Die Leute kamen in die verschiedensten psychischen Grenzsituationen. Die Menschen waren unruhig während einer solchen Reise. Und dann kommt der Abend. Die Zuversicht: Nicht mehr lange. Jetzt ist es schon fast soweit. Dann die Hoffnung. Zuletzt die Gewißheit. Jetzt haben wir das Ziel erreicht.

Heinemann hat nun auch die dritte Mappe gesehen. Münzing steht auf, legt sie in ihre Lade zurück. Er bringt die nächste. Dann die fünfte, die sechste und die siebente. Wie bei allen Sammlungen liegt Bedeutendes neben weniger Bedeutendem, ja sogar neben Unbedeutendem. Das ist allerdings nur der Fall, wenn man es mit der Sammlung eines Sammlers zu tun hat. Bei den Anhäufungen eines Geldanlegers ist das anders. Das sind die Menschen, die nur Bedeutendes kaufen. Das sind dann Meister des Geldmarktes; Manipulanten oder Spekulanten, aber keine Sammler. Heinemann blättert weiter. Münzing erklärt hie und da. Weist auf Bilder hin, deren Qualitäten, deren Vorzüge nicht offensichtlich sind. Heinemann schaut, rechnet, denkt nach, addiert, merkt sich Zwischensummen.

Dann ist es soweit. Das letzte Blatt ist begutachtet. Die letzte Mappe ist zugeklappt. Es ist sechzehn Uhr zwanzig. Über zwei Stunden haben die Männer bei den Aquarellen verbracht: Sie haben alles gesehen, Herr Heinemann. Ich hoffe, Ihre Reise war nicht vergebens. Herr Münzing, ich muß Ihnen sagen, eine bedeutende Sammlung. Eine hohe Summe. Natürlich liegt Einfacheres neben Besserem; aber auch neben sehr Gutem, neben Hervorragendem. Eine sehr hohe Summe. Bitte! Heinemann nennt einen Betrag, dessen Höhe Münzing in Erstaunen versetzt. Münzing reagiert gelassen. Sie haben richtig gerechnet, Herr Heinemann. Die Größenordnung stimmt. Heinemann zuckt mit keiner Wimper. Was tue ich, denkt Münzing. Es ist mir doch völlig gleichgültig. Es ist ja auch völlig egal, ob Heinemann den Betrag zahlt, den er geboten hat, oder ein wenig mehr. Münzing sieht sich agieren. Er sieht, wie er mit großem Erstaunen sich selbst betrachtet. Er steht ein oder zwei Meter links, neben der Münzing-Hülle, die im Polsterstuhl sitzt und verhandelt. Zum zweiten Mal, daß ihm das passiert. Zum zweiten Mal ist es so gekommen. Gestern in der Oper. Und jetzt. Münzing sieht sich. Es ist ohne sein Zutun geschehen, denn er ist noch nicht soweit, daß er diesen Zustand willkürlich herbeiführen könnte. Mit ziemlicher Verwunderung betrachtet er sich selbst. Wie er verhandelt. Er schaut sich an, so wie ein Kind ein fremdartiges Geschehen betrachtet; ein unverständliches Geschehen, welches das Kind einerseits interessiert, das ihm aber andererseits nicht ganz geheuer ist. Der Münzing dort. Schau dir das an. Wie der da agiert. Wie der verhandelt. Welcher Einsatz um ein wenig mehr. Jener Münzing, der nicht sitzt, sondern im Raum steht, ein oder zwei Meter links neben der Münzing-Hülle im Polstersessel, der merkt nach und nach, wieso dieser Mensch im Lehnstuhl so handelt. Warum der aus dem Heinemann weitere fünf Prozent herausholen will; völlig sinnlos weitere fünf Prozent herausholen will. Natürlich. Das ist es. Das schwere Schwungrad einer Maschine läuft noch ein wenig weiter. Die Maschine ist schon abgestellt; ist schon abgeschaltet. Die Kraftzufuhr ist bereits eingestellt. Aber im Schwungrad ist noch immer etwas Energie gespeichert.

Herr Heinemann, ich glaube, Sie haben die beiden Turner etwas unterschätzt. Natürlich habe auch ich mir Gedanken gemacht über Preise. Vergessen Sie doch nicht, was vor wenigen Wochen in den USA für zwei wesentlich weniger schöne Turner bezahlt wurde; für zwei bedeutend geringere Blätter, als es die meinen sind. Sie haben recht, Herr Münzing. Aber bedenken Sie doch andererseits die viele Mittelklasse. Man kann da nicht alles auf einmal auf den Markt bringen. Mein Geld wird ziemlich lange gebunden sein.

Aber ich will wegen der beiden Turner noch etwas dazulegen. Heinemann nennt eine Summe, die um ungefähr drei Prozent höher ist als die zuvor gebotene. Ich hoffe, Sie sind zufrieden? Gut, Herr Heinemann! Ich freue mich, Herr Münzing. Haben Sie übrigens eine Liste der Aquarelle? Man kann den Verkauf ja gleich abwickeln. Selbstverständlich habe ich Listen. Wenn Sie wollen. Ich rufe den Dr. Kurzmann an. Meinen Anwalt. Wir fahren dann zu ihm und hinterlegen dort die Blätter. Wenn Sie den Betrag auf sein Treuhandkonto überwiesen haben, folgt er ihnen die Aquarelle aus. Da zögert Münzing einen Augenblick lang. Heinemann kann ihm ansehen, daß er seine Absichten ändert. Nein, sagt Münzing. Wozu das alles? Wir kennen einander, Herr Heinemann. Sie nehmen die Sammlung mit und überweisen das Geld. Schluß! Keine Widerrede. Eine andere Vorgangsweise würde mir lächerlich erscheinen. Ja. Ganz plötzlich. Lächerlich. Sie unterschreiben die Übernahme auf den Listen. Fertig. Und wann werden Sie die Blätter holen? Jetzt? Wieso jetzt? Ihr Firmenwagen ist zufällig in der Stadt? Jawohl. Warum eigentlich nicht jetzt? Es wird ein ganz schönes Volumen sein. Sie wissen. Alles unter Passepartouts oder in Umschlägen. Aber wenn wir es zum Dr. Kurzmann gebracht hätten, wäre es auch nicht weniger gewesen. Stimmt, Herr Münzing. Wenn Sie gestatten, dann hole ich meine Leute herauf. Unser Firmenwagen steht unten.

Eigentlich habe ich ihn herbestellt, um mich abzuholen und zum Flugplatz zu bringen. Münzing denkt, wie gut der Heinemann ist. Nicht das geringste Risiko ist er eingegangen. Bis morgen könnte ich es mir ja überlegen. Könnte meine Meinung ändern. Alles rückgängig machen. Man kann ja nie wissen, bei Sammlern. Wenn jemand unberechenbar ist, dann ein Sammler.

Münzing gibt Heinemann die Schlüssel zum Aufzug. Heinemann fährt hinunter, kehrt wenige Minuten später in Begleitung eines Mannes mittleren Alters sowie eines jungen Mädchens zurück. Mein Chauffeur, stellt Heinemann vor; und Fräulein Melzer, eine Mitarbeiterin. Der Chauffeur ist mit Packpapier und Schnüren bewaffnet. Münzing geht zum Kasten. Er öffnet eine Lade nach der anderen und bringt die Mappen zum Tisch. Heinemann blättert sie nochmals rasch durch und vergleicht die wichtigsten Blätter mit den Listen, die Münzing ihm gegeben hat. Das Mädchen schichtet die Bilder zu Stößen. Der Chauffeur schlägt diese in Packpapier. Er verschnürt und knüpft Knoten. Zwanzig Minuten, und fünf dicke Pakete stehen neben der Tür, die vom Salon in das Vorzimmer führt. Heinemann unterschreibt die Listen. Münzing steckt sie in die Innentasche seines Sakkos. Der Chauffeur trägt ein Paket nach dem anderen zum Aufzug. Das Mädchen steht daneben. Zählt. Der Chauffeur holt die Pakete in die Aufzugskabine und stellt sich dazu. So als ob er die Blätter zu bewachen hätte, zu beschützen hätte. Jetzt steigt Heinemann in den Lift; dann seine Mitarbeiterin. Münzing reicht Heinemann die Hand. Auf Wiedersehen, Herr Heinemann. Viel Glück und Freude. Vielleicht werden Sie das eine oder andere Blatt für sich behalten können? Vielleicht, Herr Münzing. Ebenfalls alles Gute für die Zukunft. Auf Wiedersehen. Heinemann drückt die unterste der sechs Tasten. Die Tür schließt. Der Aufzug fährt ab. Münzing kehrt in seine Wohnung zurück. Er geht in den Salon. Alles wie sonst auch. Nur die Laden des Kastens sind leer. Nichts zu bemerken von außen. Alles sieht aus, wie es vorher ausgesehen hat. Ich müßte hineinschauen in die Laden. Dann würde ich sehen, daß sie leer sind. Aber das ist nicht notwendig. Ich weiß, daß sie leer sind. Und Gott sei gedankt, daß ich froh bin, daß sie leer sind.

Sechzehn Uhr fünfzig. Münzing setzt sich in denselben Polsterstuhl, in dem er während der Besichtigung der Aquarelle saß. Ich bin froh. Gut. Das ist eine Beobachtung, die ich mache. Ich merke, daß ich froh bin. Aber was ist sonst noch gewonnen? Was ist anders? Bin ich freier geworden? Unbeschwerter? Ich merke, daß ich froh bin. Aber ich merke nicht, daß ich freier und unbeschwerter bin. Oder liegt der Erfolg auf einer anderen Ebene? Auf einer Ebene, die meinem

Tagesbewußtsein nicht so ohne weiteres zugänglich ist? Muß ich auf die Nacht warten?

Plötzlich ist Münzing sehr müde. Er geht zum Sofa und legt sich nieder. Er schläft sofort ein. Ein tiefer, traumloser Schlaf. Fünfzehn Minuten. Nicht länger. Münzing erwacht und ist sofort ganz da. Frisch und ausgeruht. Sonderbar. Ein schwerer Schlaf. Wie in einem Grab. Es war, als ob man mich betäubt hätte. Betäubt durch irgendwelche Narkotika. Ob das Leben im anderen Reich nur während des Schlafes in der Nacht möglich ist? Ob man nur dann erfahren kann? Ist die Dunkelheit in der Welt eine Voraussetzung, das Licht sehen zu können? Münzing steht auf. Er geht zum Telephon und ruft Verena an. Hallo. Störe ich dich? Nein. Weißt du, warum ich anrufe? Ich habe Sehnsucht nach dir; nach deiner Stimme. Ja. Tatsächlich. Heute abend? Wo wir einander treffen? Selbstverständlich ist das auch ein Grund, anzurufen. Aber das mit der Sehnsucht hat schon gestimmt. Also. Wo triffst du mich? Warum nicht in dem winzigen Café neben meinem Büro? Nein. Ich bin zu Hause. Aber warum nicht? Du hast doch nicht weit. Und ich, ich gehe nur durch den Park. Wieso? Ich bin voller Nostalgie, sagst du? Weil wir einander dort häufig getroffen haben? Früher einmal. Ja. Vor Jahren. Übrigens, bitte. Warum soll ich nicht hie und da ein wenig in der Vergangenheit leben dürfen?

Kreise schließen sich; öffnen sich wieder. Was ich damit meine? Eigentlich ist mir das jetzt nur so zufällig eingefallen. In diesem Augenblick. Bitte. Stelle jetzt keine tiefschürfenden psychologischen Untersuchungen an. Das ist nicht sinnvoll per Telephon. Also gut. In dem kleinen Café. Wann? Jetzt ist es siebzehn Uhr fünfzehn. Sagen wir um achtzehn Uhr dreißig? Da haben wir dann genug Zeit. Wohin? Wo es uns gefallen wird. Gut. Also bis später. Auf Wiedersehen.

Münzing geht ein wenig ziellos im Zimmer umher. Ohne zu denken rückt er Sessel zurecht, schiebt Aschenbecher hin und her und schaut, ob die Bilder gerade hängen. Er richtet das eine oder andere genau im rechten Winkel aus. Er geht ins Badezimmer, zieht sich aus und duscht. Erst warm, dann kalt. Er rasiert sich noch einmal für den Abend, duscht wiederum, nimmt dann seine Kleider und geht ins Schlafzimmer. Den Anzug hängt er über einen Kleiderständer. Er legt die gebrauchte Wäsche auf das Bett, nimmt frische aus dem Kasten und sucht dann einen passenden Anzug für den Abend. Nein. Nicht denselben, den ich gestern in der Oper getragen habe. Münzing wählt einen blauen Anzug aus einem ganz dünnen Material. Kühl. Dazu ein hellblaues Hemd und eine blaue Krawatte mit dunkelvioletten Streifen. Er betrachtet sich im Spiegel. Sehr konservativ. Aber warum nicht? Was heißt: Warum nicht?

Nein. Ich kann nicht mehr so gehen. Das bin nicht mehr ich. Ich bin freier und fröhlicher. Ich bin gelassener und heiterer als der Mann, der da steht. Wozu diese dunkelblaue Zwangsjacke? Und diesen blauvioletten Strick um den Hals. Münzing zieht den Anzug wieder aus. Er hängt ihn zurück in den Kasten; ebenso die Krawatte, dann auch das Hemd. Was jetzt? Vor allem ein bequemes Hemd. Münzing nimmt ein olivfarbenes mit einem weiten, weichen Kragen. Und dann den Leinenanzug. Der ist blaugrau und viel heller als der andere. Ungefüttert. Frei und leicht. Und ein wenig verdrückt. Nicht so vollkommen makellos und steril wie der Anzug vorher. Jawohl. Das ist jetzt besser. Münzing geht vom Spiegel weg und zum Kleiderständer, der neben dem Fenster steht. Er nimmt die von Heinemann unterschriebenen Listen der Aquarelle aus der Innentasche des Sakkos, das dort hängt, steckt sie ein und geht zurück in den Salon. Siebzehn Uhr dreißig. Eine dreiviertel Stunde habe ich noch.

Münzing geht zum Fenster und sieht das Textbuch zum Fidelio noch auf dem Fensterbrett liegen. Er nimmt es, geht zum Bücherkasten, steckt es zu den anderen Textbüchern. Er bleibt vor dem Bücherkasten stehen. Schaut. Stöbert ein wenig. Nimmt schließlich einen Band heraus. Xenophon. Die alte Übersetzung, die er schon während seiner Schulzeit verwendet hat. Wenig flüssig, aber dafür sehr genau. Münzing hält das Buch in der Hand. Er geht zu einem der Polstersessel und setzt sich. Er blättert ein wenig in dem Band, beginnt dann zu lesen. Er überblättert manches und verweilt bei anderem. Der Marsch der Zehntausend. Quer durch Anatolien. Bis hin zur Grenze, welche heute die Türkei von Persien trennt. Dann wieder zurück. Verrat und Mühsal und Qualen. Aber auch Durchhalten und Bestehen und menschliche Größe. Und zuletzt der Ruf: Das Meer! Die Freiheit. Die Heimat. Das Ziel.

Achtzehn Uhr fünfzehn. Münzing geht durch den Park. Die Direttissima. Er braucht nicht den Gärtner zu sehen, der tote Äste absägt. Er weiß, daß tote Äste abgesägt werden. Immer und überall. Von Gärtnern. Mit Sägen, die auf langen Stangen befestigt sind. Er muß nicht die alte Frau sehen, die Futter streut. Teilnahmslos, gleichmäßig und ohne je zu bevorzugen. Er weiß, daß man nicht säen muß, um zu ernten. Er braucht nicht den Baum zu sehen. Die Kastanie. Im Strahlenkleid ihrer Blüten. Er weiß, daß man blühen kann. Daß man die Kraft, die einem geschenkt wurde, ausstrahlen kann. Heute abend genügt die Direttissima. Achtzehn Uhr neunundzwanzig. Münzing betritt das kleine Café neben seinem Büro. Er stellt sich zur Bar und sagt dem Mädchen, das heute hinter dem Pult steht, daß er noch ein wenig zuwarten möchte. Es käme noch jemand. Achtzehn Uhr dreißig. Verena betritt das Lokal. Punkt achtzehn Uhr dreißig. Beide betreiben Pünktlichkeit wie andere Menschen ein Hobby. Aus Überzeugung und aus Spaß an der Sache. Münzing geht Verena einen Schritt entgegen. Mit seiner linken Hand faßt er ihren Arm. Dann reichen sich die beiden die Hand. Münzing berührt einen Augenblick lang mit seinen Lippen Verenas Wangen. Zuerst die eine, dann die andere. Er läßt ihren Arm los, behält aber ihre Hand in der seinen; streicht schließlich mit seiner linken über ihre Haare: Schön, daß du da bist. Beide wenden sich zum Mädchen hinter der Bar. Zwei Gläser Weißwein, bitte.

Verena N., fünfunddreißig Jahre alt. Hochgewachsen. Ein Meter und siebenundsiebzig Zentimeter. Zweimal die Sieben, das muß Glück bringen, hat ihr Vater gesagt, als sie zwanzig Jahre alt war. Hoffentlich wächst du nicht mehr. Verena ist nicht mehr größer geworden. Und das Glück? Hat ihr Vater recht behalten? Würde man Verena jetzt fragen, ob ihr Vater recht behalten hat, sie würde diese Frage bejahen. Ohne zu zögern. Verena N. Dunkle Haare. Ein gleichmäßig geschnittenes Gesicht. Im Teint ein wenig von jenem Olivbraun, das Südländerinnen oft auszeichnet. Auffallend aufrechte Haltung. Verena hat Wirtschaftswissenschaften studiert. Einige Jahre in der Industrie. Dann hat sie genug gehabt.

Hat ein kleines Geschäft in erstklassiger Lage gekauft. Nicht allzu viele Kunden; aber es gibt auch nicht viele Kunden für alten Schmuck. Verena liebt alte Schmuckstücke. Sie ist eine Frau, der es leichtfällt, längst Vergangenes vor ihren Augen lebendig werden zu lassen. Wenn sie ein Schmuckstück verkauft, dann spürt sie manchmal, wie sich Schicksalsfäden weiterspinnen; wie sich die Menschheit immer neu entwickelt. Wenn sie einen alten Ring zeigt; oder einen Anhänger; antik oder Mittelalter, oder sechzehntes, siebzehntes, achtzehntes Jahrhundert; dann ist eine Brücke geschlagen von der Frau, die vor langer Zeit als erste dieses Schmuckstück trug; von der Frau, für die dieses Schmuckstück angefertigt wurde, bis herein in die Gegenwart. Wenn Verena Schmuckstücke vorlegt, tauchen viele Fragen auf. Was veranlaßt Menschen, sich zu schmücken? Warum sind es vor allem Frauen, die sich schmükken? Verena trägt selbst gerne Schmuck. Ist es das Gold der Sonne? Das Silber des Mondes? Leuchtet der Kosmos auf? Dann die Steine. Smaragde, die von leuchtenden Wiesen im Inneren der Erde erzählen. Von Wiesen aus Stein. Die Rubine. Tropfen von Blut. Das Blut der Überirdischen? Blut von Engeln? In Gold, in Sonnenlicht gefaßt? Dann ein Mondstein. Und Silber. Gibt es etwas Melancholischeres als einen Mondstein, der auf Silber liegt?

Wie war es im Geschäft, Verena? Danke. Es war schön. Sehr schön sogar. Stell dir vor. Fast alles, was ich in London bei der Auktion beboten habe, bekam ich auch. Kommt nächste Woche mit der Post. Dann habe ich die richtige Person für die ägyptische Kette gefunden. Du weißt. Die aus dem Museum in S., das die Doubletten verkauft hat. Die Kette ist doch fast viertausend Jahre alt. Kennst du vielleicht die Tochter der Edelbacher? Nein? Ich sage dir. Einundzwanzig Jahre alt und eine Pharaonentochter. Wieso? Das weiß ich nicht. Aber du kennst doch ihre Eltern. Ja. Du hast recht. Das sind zwei Teutonen. Aber die Tochter. Das ist eine Pharaonentochter. Große Augen, dunkel, breit ausschwingend. Herrlich. Eine Nofretete. So etwas kann man sich nicht vorstellen. Ich habe ihr die Kette umgelegt, und es war, als ob ich ihr etwas zurückgäbe, eine Kette zurückgäbe, die sie vor viertausend Jahren verloren hat. Aber wie steht es bei dir? Du hast doch den Günther-Verkauf vermittelt? Zufrieden. Nicht wahr? Mein Gott. Ich habe mich blöd verdient dabei. Aber zufrieden? Warum sollte ich zufrieden sein. Aber ich will jetzt nicht darüber reden. Wenn es dir recht ist, dann gehen wir zum Manzini. Dort ist es angenehm und ruhig. Dort kann man reden. Münzing nimmt sein Glas zur Hand. Auf dein Wohl, Verena, alles Gute. Verena hebt ihr Glas. Sie schaut Münzing an; blickt in sein Gesicht. Sie kennt ihren Freund gut. In diesem Augenblick sieht sie, was er nur ahnt. Daß in seinem Leben das Alte ein Ende gefunden hat. Daß das Neue hereinbricht. Plötzlich und unwiderstehlich. Wodurch veranlaßt? Wer kann das wissen? Eine Frage für Historiker, denkt Verena; nicht für Leute, die weitergehen.

8
Der Abschied

Der Manzini. Unzweifelhaft das beste Restaurant der Stadt. Nebenbei das teuerste. Weil es das teuerste ist, ist es auch das eleganteste. Daher auch das stillste und geräumigste. Die Tische stehen weit genug voneinander getrennt. Es ist für gewöhnlich unmöglich, einem Gespräch zu folgen, das am Nebentisch geführt wird. Dann gibt es dort Köche, die ihresgleichen suchen. Absolute Meisterschaft. Bessere kann es nicht geben; höchstens andere. Ein Restaurant für die wenigen Menschen in der Stadt, die auf solche Dinge Wert legen. Heute noch ein Restaurant für Münzing und für Verena. Morgen? Wird nicht der morgige Tag für sich selbst sorgen? Nein. Keine Garderobe. Danke. Ein Kellner sagt den beiden, daß sie im persischen Zimmer Platz nehmen können. Im persischen Zimmer. Vielleicht so genannt wegen der rosa Tapeten. Und wegen des alten Schiraz-Teppichs an der Wand. Und wegen der zwölf arabischen Fliesen, die, in einem Holzrahmen zusammengefaßt, dem Teppich gegenüber zwischen zwei Fenstern aufgehängt sind. Münzing und Verena stehen im Eingang. Der Raum ist noch menschenleer. Zwei größere Tische für je sechs Personen, in einer Nische ein kleinerer Tisch für drei. An diesem nehmen die beiden Platz; geben ihre Bestellungen auf. Verena sieht Münzing an. Sagt: Du bist nicht entspannt. Überhaupt nicht. Du hast doch jeden Grund, heiter und gelassen zu sein? Oder nicht? Und dann lächelt Verena. Du machst mich verrückt, antwortet Münzing. Er ist plötzlich ziemlich gereizt. Bitte höre auf, so zu lächeln; wie der Tiller heute vormittag. Bitte, sei so gut, sagt Verena, und spring mich nicht gleich an. Außerdem kann ich dir sagen: Ich bin sicherlich nicht die Einfalt in Person. Ich bin nicht jemand, der dumpf neben dir dahinlebt. Ich weiß, was sich in den vergangenen Monaten angebahnt hat. Langsam. Nach und nach. Vor allem aber während der letzten Tage. Offensichtlich war die Günther-Verhandlung dein Sarajevo. Der Krieg hat begonnen. Das ist doch richtig; oder nicht?

Richtig, antwortet Münzing. Du hast es erfaßt. Der Krieg hat begonnen. Du hast es erraten. Ich bin aber noch nicht gewohnt, zu kämpfen. Und vor allem noch nicht gewohnt, dem Ausgang des Kampfes keine Bedeutung beizumessen. Du weißt? Nein. Unsinn. Du kannst es ja nicht wissen. Ich habe heute am Nachmittag meine Aquarelle verkauft. Aufmerksam blickt er sie an.

Münzing hat Verena schon erstaunter gesehen. Er hat sie bei anderen Anlässen schon mehr überrascht als diesmal. Die frohe Gelassenheit, mit der sie diese Nachricht aufnimmt, hat er nicht erwartet. Dann ihr Nicken mit dem Kopf und ihr nachdenkliches: Na ja, so geht es eben dahin. Münzing merkt, wie er ärgerlich wird. Aber da kommt der erste Gang. Einige Minuten lang widmen sich beide schweigend ihren Gerichten. Danach beginnt Verena: Ich dachte unlängst, daß es nicht mehr lange dauern kann. Du, fragt Münzing, wieder ruhiger geworden; hast du den Zweigmann gekannt? Verena nickt. Münzing redet weiter: Der ist gestorben. Der hat außer seiner Fabrik seine antiken Gläser hinterlassen. Vielleicht die größte Sammlung der Welt. Wofür hat dieser Zweigmann gelebt? frage ich dich. Für sein Unternehmen und für seine Gläser. Als ich die Nachricht von seinem Tod las, da wußte ich, ohne viel nachdenken zu müssen, wußte ich: Mir passiert so etwas nicht. Ich werde klüger sein. Ich werde vernünftiger leben. Und? fragt Verena. Bitte verlange keine Einzelheiten von mir. Eines allerdings weiß ich: Das Vernünftigere wird mit Menschen zu tun haben. Mit Menschen, mit denen ich zusammensein werde. Mit Menschen, mit denen ich, in weitestem Sinn gesehen, leben werde. Und damit meine ich nicht dich oder den Tiller; oder ein oder zwei andere. Nein. Mitmenschen meine ich. Ganz allgemein. Mit ihnen und für sie. Das ist die Richtung. Aber bitte, frage mich nicht über Einzelheiten. Noch nicht.

Der zweite Gang. Fisch. Gekocht. Mit Butter. Fischbesteck. Aus Silber. Je ein Handgriff stellt einen Fisch dar. Der Kopf bildet das Ende. Fische. Überall Fische. Die Teller sind aus weißem Porzellan, aber in den Rändern sind Fische eingeprägt; Delphine wahrscheinlich, die im Wasser spielen. Münzing schaut zu Verena. Hilfesuchend. Du wirst dich, sagt sie, daran gewöhnen müssen; nämlich Zusammenhänge zu bemerken und zu erfassen, über die andere Menschen hinwegsehen, die andere Menschen einfach nicht registrieren. Zuviel Fisch für dich, nicht wahr? Am Teller, am Besteck und in der Schüssel. Du bist aufmerksamer geworden. Du wirst dich, wie gesagt, daran gewöhnen müssen. Sie reicht Münzing den Korb mit dem Brot. Beide schweigen einige Augenblicke. Schau dir die Menschen in Japan an, setzt Verena dann fort. Schau, wie die Besten dort leben. Du wirst, nehmen wir das als Beispiel, keinen Blumenstrauß finden bei ihnen. Du wirst nicht zwölf Rosen und vier Lilien und sechs Nelken in einer großen Vase vorfinden. Nein. Ein Zweig in einem Glas. Eine Blüte. Zwei Blüten. Nicht mehr. Weißt du; wenn man gewohnt ist, oberflächlich zu betrachten, braucht man Quantität; dann muß man alles in Menge haben. Hat man aber gelernt zu schauen, dann zählt die

Qualität. Ein Zweig in einer Vase. Mehr stört. Dann hat man eben gelernt, sich einem einzigen Zweig zu widmen. In ihm liegt die ganze Welt. Die neue Welt. Und das geht weiter. Ein Teich; nicht alle Seen Finnlands. Ein Baum; nicht alle Bäume des Parks. Münzing schaut erstaunt zu Verena. Und wann ist dir das alles klargeworden? Vielleicht zwei Jahre werden es sein, antwortet sie. Du weißt, ich hätte bei der Erdölfirma, bei der ich angestellt war, ins Management kommen sollen. In die Direktionsetage. Da habe ich abgelehnt und bin weggegangen. Dann habe ich das Geschäft gekauft. Von da an ging's bergauf.

Beide essen. Langsam. Ohne zu sprechen. Nicht nur, weil sie als Kinder gelernt haben, daß man während des Fisches nicht sprechen soll. Nein. Weil beide aufmerksam essen. Weil beide bedenken, was sie essen. Und wie es dazu kommt, daß sie jetzt essen können. Fisch essen können. Weil beide beobachten, wie ihr Denken langsam in ein Schauen übergeht. Die Umwelt des Fisches ist plötzlich da. Das Meer. Der Tag und die Nacht über dem Meer. Das Fischerboot. Der Tod des Fisches. Wozu? Ist es zu verantworten, daß er stirbt? Dann der Fischmarkt; der Versand; in Eis verpackt. Die arbeitenden Menschen. Die Händler und die Lieferanten. Dann die Köche im Restaurant. Der Kellner hier. Dann wieder der Fisch. Die Kühle des Meeres. Der Fischschwarm.

Die Laichzeit. Milliarden von Eiern. Fische; älter als alle Landtiere. Der Sauerstoff, der im Wasser gelöst ist. Das bewußte Essen, während dessen eine Welt entsteht. Eine Welt, aufgebaut auf Dankbarkeit. Dem Fisch gegenüber. In erster Linie natürlich dem Fisch gegenüber. Der ist ja gestorben. Dann den Menschen gegenüber, die das Essen ermöglichen. Und dann weiter. Der Natur gegenüber. Der Welt.

Nach dem Fisch beginnt Münzing neuerlich mit dem Gespräch. Zwei Jahre ist das jetzt her. Es stimmt auch, wenn ich zurückdenke. Du bist in deiner Umwelt einfacher geworden während dieser Zeit. Immer weniger Dinge haben dich umgeben. Deine Wohnung ist leerer geworden im Laufe dieser zwei Jahre. Ich weiß es. Ich war ja oft genug bei dir. Wieso ist es mir bisher nicht aufgefallen? Wieso habe ich es nicht beachtet, nicht registriert? Dein Geschäft ist leerer geworden. Von Monat zu Monat. Immer weniger. Dafür aber schönere Dinge zum Verkauf. Nicht unbedingt Stücke, die mehr kosten. Nein. Schöneres. Das bedeutendere Kunstwerk von zweien ist selten gleichzeitig das teurere. Aber bitte! Wenn überhaupt jemand befreundet ist, dann sind wir es. In jeder Beziehung. Warum hast du nie mit mir darüber gesprochen? Warum hast du mich nie aufmerksam gemacht? Verena lächelt einen Augenblick lang. Ohne Sarajevo? Das wäre – glaube mir –, das wäre nutzlos gewesen; nutzloser, als Sand ins Meer zu schütten. Du siehst einen Mann. Du siehst, wie er Sand zum Meeresstrand trägt. Du sagst zu ihm: Mein Herr! Es ist doch schon genug da! Glaube mir. Ihm das zu sagen ist sinnlos. Er sieht es nicht. Er weiß es nicht. Auch du hättest nicht verstanden, hättest nicht erfaßt, hättest nicht gesehen. Aber zwei oder drei Kleinigkeiten. Eine Verhandlung. Eine Todesnachricht. Eine Opernaufführung. Ein Verkauf. Jetzt lächelt Münzing; fröhlich wie ein übermütiges Kind. Natürlich, setzt er fort. Und ein Gärtner. Eine Frau im Park. Ein blühender Baum.

Der dritte Gang. Fleisch. Gedünstet. Dazu Gemüse. Und jetzt auch Gäste am Nebentisch. Zwei gepflegte ältere Damen mit zwei ebensolchen Herren. Sie reden, nehmen Platz, plaudern weiter. Sie bestellen. Münzing und Verena schauen hinüber. Wahrscheinlich zwei Ehepaare, sagt Verena. Die Kinder sind offenbar erwachsen. Vier Freunde, die einander erzählen. Münzing wendet sich wieder Verena zu: Du hättest trotzdem versuchen sollen, mit mir zu reden. Nein! Nun antwortet sie mit Bestimmtheit. Es wäre sinnlos gewesen. Jetzt erst kannst du verstehen. Nun wirst du auch mehr verstehen. Jetzt kann ich es dir endlich sagen. Ich bitte dich, Verena. Du tust so bedeutsam. Warum nicht? antwortet sie rasch. Ich freue mich. Denn jetzt wirst du es erfassen können. Und du wirst dann auch die Ursachen verstehen können. Unsere alte Beziehung ist vor zwei Jahren zu einem schönen Ende gekommen. Von meiner Seite aus gesehen. Bitte, sei kein Kind. Bleib sitzen. Ich habe gesagt: unsere alte Beziehung ist zu einem schönen Ende gekommen. Du wirst verstehen, was ich meine. Vielleicht wirst du erst in einigen Stunden verstehen? Oder in einigen Tagen? Aber jedenfalls bald. Natürlich waren wir während dieser zwei Jahre oft zusammen, wir sind miteinander weggefahren; haben gelebt, als ob wir verheiratet wären. Wochen hindurch. Jawohl. Natürlich weiß ich das. Du willst wissen, warum ich das getan habe? Ich habe überhaupt nichts getan. Es ist so gekommen. Das war eben der Lauf der Entwicklung. Ich liebe dich. Das weißt du doch. Und wenn du es vergessen haben solltest, dann schau mich jetzt an. Mit feuchten Augen hast du mich ja nicht oft gesehen während all der Jahre, die wir einander kennen. Natürlich. Wir stehen an einer Wende. Vorhin war ich gelassen. Jetzt bin ich es nicht mehr. Na und? Siehst du. Aber bitte. Bedenke doch. Du brauchst keine Aquarelle. Das ist doch richtig. Die zwei Turner zum Beispiel. Die hast du besessen. Du hast sie verkauft. Sie sind weg. Die sind schon bald in Hamburg. Aber gleichzeitig sind sie in dir drinnen. Immer gegenwärtig. Auf Abruf bereit. Wenn du willst, sind sie da. Und darüber hinaus? Du wirst sehen. Du erreichst einen bestimmten Punkt in deiner Entwicklung. Dann brauchst du den Menschen, den du liebst, die Menschen, die du liebst, nicht mehr zu besitzen. Du mußt sie nicht mehr um dich haben. Es gibt sie. Sie sind da. Sie leben oder sie sind tot. Das ist völlig gleichgültig. Jedenfalls, es gibt sie. Und du liebst sie. Aus. Genug. Wie selbst der kleinste Stern am Himmel dem ganzen kosmischen Geschehen eingeprägt ist, so ist auch deine Liebe eingeprägt. Wo? In der Welt. In den Menschen, mit denen du gelebt hast. In den Menschen, mit denen du lebst, mit denen du zu tun hast. Das genügt.

Nein. Danke. Kein vierter Gang mehr. Und dann kommt, einem alten Übereinkommen folgend, jeder der beiden für den eigenen Teil der Konsumation auf. Münzing ruft den Kellner. Ich weiß, wir haben ursprünglich noch Soufflé bestellt; und Eis. Nein. Danke. Bitte die Rechnung. Der Kellner kennt sowohl Münzing als auch Verena. Er ist gewohnt, jedem eine eigene Rechnung auszustellen. Sehr dezent das Ganze. Zwei Teller mit je einem gefalteten Tuch darauf. Zwischen dem Tuch liegt unauffällig die Rechnung. Eine Zeremonie. Beide nehmen die Rechnung aus der entsprechenden Tuchfalte und schauen sie an. Nehmen das Tuch vom Teller. Legen es auf den Tisch. Legen die Rechnung mitsamt den entsprechenden Geldscheinen auf den Teller und bedecken beides mit dem Tuch. Der Kellner holt die Teller ab, um sie zwei oder drei Minuten später zurückzubringen. Beide nehmen das Wechselgeld und die Rechnung. Beide lassen einen gewissen Betrag als Trinkgeld auf den Tellern liegen. Zugedeckt natürlich. Mit dem Tuch. Der Kellner holt wiederum die Teller und bedankt sich. Münzing kennt diesen Zahlungsritus. Er hat ihn Hunderte Male ablaufen gesehen; hat ihm nie vorher Beachtung geschenkt. Heute bemerkt er ihn. Hast du uns gesehen, Verena? Und den Kellner? Ich sage dir, komischer kann man das nicht mehr abwickeln. Wozu? frage ich mich. Wie schmutzig ist das Geld? Kränken sich die Kellner, daß sie uns nicht eingeladen haben? Genieren sie sich, Geld zu nehmen?

Ein Ausklang, sagt Verena. Ja. Aber kein Ende. Wenn ein Musikstück ausklingt, kann diesem ja ein zweites folgen. Ein anderes natürlich. Nur um zu üben, würde jemand dasselbe Stück noch einmal spielen. Wir üben nicht mehr. Wir haben schon eine gewisse Selbstverständlichkeit im Spielen erreicht. Oder nicht? Du sagst es, Verena. Du wirst es wissen. Es ist neun Uhr vorbei. Willst du nach Hause? Dann begleite ich dich. Wenn du willst. Gut. Ich muß dann anschließend noch im Büro vorbei. Wieso? Ich trage die Listen mit mir herum. Welche Listen? Die Aufstellungen der Aquarelle, die der Heinemann unterschrieben hat. Ich habe gerade daran gedacht. Ja. Ich habe ihm die Blätter gleich mitgegeben. Warum nicht? Die Listen sollte ich ins Safe legen. Meinst du nicht auch? Gut.

Beide erheben sich und verlassen das Restaurant. Draußen stehen sie einige Sekunden am Gehsteig. Also wenn es dir recht ist, dann am Park entlang, sagt Münzing. Verena nickt. Sagt dann: Wie du willst. Beide überqueren die Straße. Übrigens, setzt Münzing fort, weißt du, was ich bezahlt habe? Für das Essen beim Manzini, meine ich. Richtig geraten. Eine verrückte Summe. Da leben andere eine Woche davon. Trotzdem. Wenn du nachrechnest. Selbst wenn ich zweimal am Tage zum Manzini gehen würde, könnte ich viele Jahre hindurch nicht veressen, was ich allein beim Verkauf der Günther-Werke verdient habe. Das ist völlig unsinnig. Abgesehen von der Verschwendung, natürlich. Niemand geht zweimal am Tag zum Manzini. Das meine ich nicht. Gute Dinge kosten Geld. Heutzutage vor allem Dienstleistungen. Das ist mir klar. Ich meine das anders. Was vernünftige Bedürfnisse betrifft, so kann ich nicht einmal bis zu meinem Tod – und da kann ich uralt werden – das Geld verbrauchen, das ich anläßlich meiner letzten zwei oder drei Transaktionen verdient habe. Bei Gott, ich habe genug.

Beide gehen langsam nebeneinander. Verena hat Münzings Hand genommen. Nach einer Weile des Schweigens sagt sie: Das ist der Anfang. Das sind die ersten Schritte. Aber du wirst sehen. Wahrscheinlich schon bald. Du wirst sehen, daß es nicht genügt zu wissen, daß man genug hat. Du bist nicht mehr ängstlich, daß in der Nacht deine Seele gefordert werden könnte. Das weiß ich. Gut. Aber glaube mir. Es geht nicht darum, genug zu haben. Nichts wäre gewonnen, wenn du in Zukunft deine Zeit zu nichts Besserem verwenden würdest, als mit dem Genug, das du hast, zu leben. Das Streben nach mehr als genug liegt hinter dir. Aber ich weiß mehr. Schau nicht so. Das weiß ich eben. Woher? Ich bin ein wenig früher drangewesen als du. Bitte überlege doch selbst. Was soll der nächste Schritt bringen? Du denkst jetzt noch immer in der Größenordnung bedeutender Vermögen. Du wirst eine neue Station erreichen auf deinem Weg. Dann wird das, das es gerade gibt, genug sein. Ein großes Vermögen. Ein kleines Vermögen. Viel. Wenig. Sehr wenig. Nichts. Was immer da sein wird, es ist dann genug. Deine Einstellung zum Genughaben wird sich ändern. Irgendeine Kleinigkeit, und du wirst sehen.

Münzing läßt Verenas Hand los. Er schaut seine Freundin von der Seite an. Ich werde sehen? Gut. Du sagst es. Ich glaube dir. Übrigens. Das

Ende unseres Weges. Noch über die Hauptstraße. Zwei Minuten, und du bist daheim. Du brauchst nicht bis zu meinem Haus mitzukommen, sagt Verena. Wir verabschieden uns hier. Ein Ausklang? Ja. Ein guter Ausklang. Wir können zufrieden sein. Beide sind wir ein schönes Stück weitergekommen. Ein neues Musikstück? Sicherlich. Niemand, der wahre Musik erfahren hat, glaubt, allein spielen zu können. Wir werden unsere Orchester finden. Oder wir werden sie aufbauen müssen. Vielleicht werden es am Anfang nur wenige sein, die zusammenspielen wollen. Wir werden warten und sehen, ob wir in demselben Orchester spielen werden. Während der nächsten Zeit werden wir aufmerksamer durchs Leben gehen. Gibt es bereits Orchester, in denen wir mitspielen können? Oder müssen wir erst Gleichgesinnte suchen? Ja. Jeder für sich. Meinst du nicht auch? Du wirst diejenigen suchen, die mit dir musizieren werden. Und ich jene, die mit mir musizieren werden. Ich habe in den vergangenen zwei Jahren neben dir gelebt, weil ich den Weg, den du eingeschlagen hast, verfolgt habe. Weil ich gesehen habe, daß es der richtige Weg ist, und weil ich imstande war, dir zu helfen. Unbemerkt. Du hast dein erstes Ziel erreicht. Du bist durch das erste Tor hindurchgegangen. Du gehst jetzt allein weiter, weil man am Anfang allein weitergehen muß. Allein dastehen muß. Allein suchen muß. Allein die Menschen suchen und finden muß, welche die Instrumente beherrschen, die sich dann zum Wohlklang eines Orchesters vereinen können. Gut. Ich mache schon Schluß mit diesem Beispiel. Wir werden einander während der nächsten Wochen nicht anrufen. Wir werden einander nicht besuchen. Wir werden warten und sehen, ob sich unsere Wege noch einmal kreuzen werden. In einem neuen Land. Anders als vorher. Ja. Du siehst es doch. Ich weine. Jetzt weine ich. Bitte, laß mich. Warum soll ich nicht weinen? Ich habe dich verloren. Das ist doch auch irgendwie richtig? Ich weiß andererseits: Du würdest mich als Belastung empfinden. Nein. Noch nicht. Jetzt noch nicht. Das ist mir klar. Aber bald. Das weiß ich eben. Etwas anderes fällt mir ein. Vorhin sagte ich: Irgendwie habe ich dich verloren. Selbstverständlich weiß mein Verstand, daß man nur etwas verlieren kann, das man einmal besessen hat. Ich habe dich nie besessen. Du warst immer ein Mensch gegenüber. Trotzdem weine ich. Laß mich unlogisch handeln. Bitte. Ein wenig nur. Du siehst. Es ist schon wieder vorbei. Nein. Jetzt nicht. Gib mir die Hand. Das genügt.

Sie verabschieden sich voneinander. Verena geht weiter. Münzing kehrt um und kommt wieder zur großen Kreuzung. Jetzt geht er durch den Park. Nicht einen der gewohnten Wege. Münzing kommt ja vom oberen Ende des Parks.

Er hat einen Weg eingeschlagen, den er in der herrschenden Dunkelheit nicht zu kennen meint. Er blickt um sich. Kein Mensch ist zu sehen. Er schaut auf seine Uhr. Einundzwanzig Uhr fünfzig. Er geht weiter. Geht durch eine Allee. Eigenartige Bäume, denkt er. Sehen aus wie Akazien. Der Duft? Vielleicht blühen sie? Münzings Augen gewöhnen sich langsam an die Dunkelheit. Er sieht jetzt, daß der Park keineswegs so menschenleer ist, wie er anfangs dachte. Dort drüben eine Bank. Zwei alte Männer. Es scheint, sie reden miteinander. Wenn, dann nur sehr leise. Münzing hört kein Wort. Er geht weiter. Sieht jetzt, daß viele Bänke besetzt sind. Burschen mit jungen Mädchen. Auch Ehepaare? Und da hinten? Das müssen drei oder vier Frauen sein. Ältere Frauen. Und da ist der Teich. Münzing nähert sich dem Teich. Diesmal von der anderen Seite. Er steht jetzt auf einer kleinen Erhebung und schaut hinunter. Dort drüben; das muß die kleine Wiese sein, auf der die alte Frau Futter gestreut hat. Jetzt herrscht vollkommene Ruhe. Keine Vögel sind unterwegs. Die Wasseroberfläche ist leer und spiegelglatt. Hie und da ein Vogelruf. Das ist alles.

Das Haustor. Das Stiegenhaus. Dann das Büro. Münzing sperrt die Eingangstür auf und geht durch den völlig dunklen Vorraum. Er kennt den Weg. Er geht durch Tillers Büro, das durch das Licht der Straßenlaternen ein wenig erhellt ist.

Er betritt sein Arbeitszimmer. Er schaltet die Stehlampe ein, die neben dem kleinen Tisch an der Wand und neben den beiden Polsterstühlen steht, geht zum Fenster und blickt über den Park. Er schaut lange. Früher hat er nur das dunkle Meer der Baumwipfel gesehen. Vielleicht die Wellen, die der Wind darübertrieb. Ein einziges Mal war es anders gewesen. Aber nun ist es plötzlich wieder so. Auch jetzt ist der Gärtner da, der die toten Äste absägt. Wahrscheinlich schläft er schon. Zu Hause. In seinem Bett. Trotzdem ist er noch da. Im Park. Sägt. Und ebenso die alte Frau. Natürlich auch der strahlende Baum. Selbstverständlich ist der da. Münzing wendet sich um. Er sieht nun das Stilleben des Heda an der Wand. Das Bild wird durch die Stehlampe neben dem Tischchen zwischen den Polsterstühlen beleuchtet. Zuerst der Günther, denkt Münzing, dann der Heinemann. Beiden hat das Bild gefallen. Beide sind Experten. Münzing geht in Tillers Büro und schaltet die Lampe neben dem Bücherschrank ein. Die Ordner. Daneben Bücher. Gesellschaftsrecht, römisch eins und zwei. In der nächsten Reihe steht das Lexikon. Münzing nimmt einen Band heraus. Er schaltet die Lampe ab und geht zurück in sein Arbeitszimmer. Er bleibt neben der Stehlampe und schlägt das Buch auf. Hebe; Hebnitz; Heda: Willem Claez Heda. Haarlem. Fünfzehnhundertvierundneunzig bis sechzehnhundertachtzig. Oder sechzehnhundertzweiundachtzig. Man weiß genau, wann er geboren wurde. Und sein Tod? Sein Todesjahr ist unbekannt. Sechzehnhundertachtzig oder sechzehnhundertzweiundachtzig? Sonderbar. Dabei sind andere Daten seines Lebens durchaus festgehalten. Seit sechzehnhunderteinunddreißig Mitglied der Haarlemer Malergilde. Nach sechzehnhundertsiebenunddreißig mehrmals Obmann derselben. Zuerst Figurenmaler. Später dann Stilleben. Neben Pieter Claez der bedeutendste Vertreter der Haarlemer Stillebenmaler. Münzing klappt das Buch zu und legt es auf den kleinen Tisch an der Wand. Er tritt einige Schritte zurück; steht jetzt neben dem ovalen Tisch, an dem seine letzte Verhandlung, der Günther-Verkauf, abgewickelt wurde. Münzing schaut das Bild an; den Heda, den er vor Jahren einmal günstig erworben und seither täglich gesehen hat; mit dem er jahrelang gelebt hat. Jetzt. Um zweiundzwanzig Uhr fünf, und zufällig im Büro anwesend, um die von Heinemann unterschriebenen Listen ins Safe zu legen; jetzt begegnet er dem Bild zum ersten Mal.

Ein Tisch. Nicht genau gemalt. Nur angedeutet. Ein Tuch darauf. Fest gewebt. Aus grünen und braunen Fäden. Unübersehbar steht das Weinglas da. Ein schönes Glas. Der Fuß ein hellschimmerndes Grün. Auf diesem Fuß hat der Glasbläser kleine Perlen aus derselben Glasmasse aufgesetzt. Aus einer praktischen und einer ästhetischen

Überlegung heraus. Hält man das Glas, so kann es jetzt nicht allzuleicht aus der Hand rutschen. Und durch die aufgesetzten Perlen bekommt der Fuß außerdem Gewicht. Nicht daß es auf die paar Gramm ankäme; aber er wirkt schwerer. Wie ein Stamm, dem man die Äste abgesägt hat. Rechts daneben ein Zinnbecher. Der Oberrand fein ziseliert. Der Becher liegt da. Umgeworfen. Die Öffnung nach rechts. Davor ein Teller. Ebenfalls Zinn. Darauf eine halbe Zitrone. Zum Teil geschält. Die Schalen daneben. Sie liegen teils auf dem Teller, teils auf dem Tischtuch. Links daneben, vor dem Weinglas, ein Messer. Eine Stahlklinge mit einem Silbergriff. Auf der Klinge die Signatur des Malers: Willem Heda, sechzehnhundertzweiunddreißig. Links neben dem Weinglas, das mitten im Bild steht, ein zweiter Zinnteller. Darauf einige Haselnüsse. Vor diesem Teller auf dem Tischtuch Nußschalen.

An dem Tisch saß ein Mensch, denkt Münzing. Ein Mann? Oder eine Frau? Das ist gleichgültig. Ein Mensch. Der hat gegessen. Nüsse. Sie waren die allererste menschliche Nahrung. Aus der allerfrühesten Zeit. Damals waren die Menschen Sammler. Später erst Jäger. Viel später erst Bauern. Nüsse. Die älteste Nahrung des Menschen. Dann die Zitrone. Eine fremde Frucht. Vor allem in den Niederlanden; in Haarlem, sechzehnhundertzweiunddreißig. Eine natürliche Säure.

Lebendig. Von einem Baum stammend. Eine Säure, die man zu Fischgerichten schätzt. Aber auch zum Würzen von Wein. Damals. Da ist ein Rest von Wein im Glas. Wein. Vom Saft der Trauben zum Wein. Eine Umwandlung. Gärung. Das war immer schon ein Bild für andere Wandlungen. Für Läuterungen. Vom Verderblichen zum Nicht-mehr-Verderblichen. Ein Bild für eine Reinigung. Vom Saft der Trauben zum klaren Wein. Die trübenden Stoffe setzen sich zu Boden. Darüber der klare Wein. Und weiter. Was war in dem Zinnbecher? Vielleicht Wasser? Da war ein Mensch. Der hat den Wein gemischt. Zubereitet. Mit Wasser. Mit dem Saft der Zitrone. Er hat die Zitrone geschält. Ausgepreßt. Wein aus einer Flasche. Wasser dazu. Er hat Nüsse gegessen. Hat den Wein getrunken. Ist aufgestanden. In Eile. Hat den Zinnbecher dabei umgeworfen. Hat keine Zeit mehr gehabt, ihn wieder aufzustellen. Die Zitronenschale ist vom Teller gerutscht. Er hat sie nicht mehr zurückgelegt. Er ist aufgestanden. In Eile. Weggegangen. Der Mensch ist nicht mehr da. Ist nicht mehr zu sehen. Aber ist er nicht immer noch gegenwärtig? In dem, das er zurückgelassen hat?

Heda hat anfangs fast ausschließlich Figuren gemalt. Später nur noch Stilleben. Zuerst malte er die Menschen, wie sie sind. Später war ihm das gleichgültig geworden. Von einem bestimmten

Punkt seiner Entwicklung an malte Heda nur noch die abwesenden Menschen. Nicht wie sie sind, sondern wie sie sich ihrer Umgebung eingeprägt haben. Wie sie in den Dingen weiterleben. Die Menschen, die Heda von da an malt, die sind aufgestanden und weggegangen. Manchmal langsam und bedächtig. Manchmal in Eile. Aber in dem, das die Menschen getan haben, sind sie immer noch da. Und mögen auch nur die Reste eines Mahles ein Zeichen davon sein. Ein wenig Wein. Einige Nüsse. Ein umgeworfener Becher. Alles selbst wiederum vergänglich. Das ist bedeutungslos. Einmal eingeprägt sein in die Welt, in den Lauf der Dinge; das heißt, für immer eingeprägt sein. Aufstehen. Ruhig oder hastig. Ist es nicht völlig gleichgültig? Weggehen. Weitergehen. Nichts war umsonst gewesen. Nichts, das nicht seine Bedeutung gehabt hätte. Nichts, das nicht eingeprägt wäre; für immer eingeprägt. Keine Angst mehr. Keine Art von Furcht. Zum ersten Mal Ruhe. Gelassenheit. Aufstehen und weggehen. Weitergehen.

Münzing geht zum Bild. Er führt den Ringfinger und den Mittelfinger seiner rechten Hand über die Oberfläche, über die Pigmentschichten. Er spürt darunter die Maserung der Eichenholzplatte. Er tritt einen Schritt zurück und merkt, daß er das Bild ein wenig verschoben hat. Er klopft mit dem Zeigefinger seiner linken Hand so lange auf den Rahmen, bis es wieder vollkommen gerade hängt. Er geht in Tillers Büro, nimmt einige Ordner aus dem Bücherschrank. Hinter diesen Ordnern ist ein Safe in der Wand eingelassen. Münzing greift in seine Tasche. Er zieht einen Schlüssel heraus, öffnet und legt die von Heinemann unterschriebenen Listen hinein. Er schließt wieder ab und stellt die Ordner an ihren Platz. Er geht zurück in sein Arbeitszimmer und schaltet die Stehlampe aus. Das Zimmer ist nur noch durch das von der Straße hereinfallende Licht erhellt. Spärlich, aber genügend. Alle Gegenstände im Raum sind noch zu erkennen. Nur was auf dem Bild über dem Tischchen dargestellt ist, das ist nicht mehr zu sehen. Ein dunkler Fleck an der Wand. Sonst nichts.

Münzing verläßt sein Arbeitszimmer. Er geht durch Tillers Büroraum. Der Fernschreiber rattert. Sein Gehirn registriert, daß ein Fernschreiben ankommt und von der Maschine automatisch aufgezeichnet wird. Das muß aus den Vereinigten Staaten sein, denkt er. Zu dieser Zeit. Münzing geht vorbei. Liest die Nachricht nicht. Er geht in den Vorraum, öffnet die Eingangstür, tritt hinaus, schließt wieder und sperrt ab. Der rote Spannteppich. Später der stahlgraue. Jetzt die Straße. Kaum Verkehr. Münzing hört das Rauschen der Bäume im Park. Zweiundzwanzig Uhr zehn. Er hat noch genug Zeit. Münzing ist gewohnt, zu

Hause die Dreiundzwanzig-Uhr-Nachrichten zu hören. Er beschließt, nicht durch den Park zu gehen. Er bedenkt einen Augenblick lang, welchen Weg er einschlagen soll, wendet sich dann nach rechts und geht langsam in jene Richtung, in der die große Kreuzung liegt. Er ist fast allein auf dem Gehsteig. Fußgänger sind kaum unterwegs. Wenn, dann sind es meist Leute, die von den eben abgestellten Automobilen zu ihren Wohnungen gehen. Fast immer Paare. Fast immer gehen die Menschen zu zweit. Manchmal sind noch Kinder dabei. Dann sind es drei oder vier, die vorbeigehen. Schon fast erwachsene Kinder, so spät am Abend.

Verena hat in vollem Ernst gesprochen, denkt Münzing. Aber ist es auch richtig, was sie sagt? Zuerst muß man allein leben? Das hat sie als absolute Notwendigkeit hingestellt. Allein neu zu beginnen, um dann andere Menschen zu finden? Aber geweint hat sie. Und dabei meint sie, daß sie die Zukunft kenne. Leicht scheint das Ganze nicht zu sein. Mein Gott. Wie soll ich leben ohne sie? Jetzt bin ich es, der feuchte Augen bekommt. Wie es sein wird, kann ich mir mit einiger Phantasie ja vorstellen. Ich werde ununterbrochen an sie denken müssen. Ich werde sie anrufen wollen, ihr schreiben wollen. Und? Sie hat ja leicht reden. Sie hatte Zeit, sich auf die neue Situation vorzubereiten. Aber ich? Ich weiß, ich werde bösartig werden, wenn ich sie nicht um mich haben kann. Jawohl. Da spricht einer, der besitzen will. Wie lange noch? Aber habe ich nicht ohnehin ihre Liebe und Zuneigung? Hoffentlich hat sie recht, und es wird sein, wie sie gesagt hat. Die zwei Aquarelle; die zwei Turner. Du mußt sie nicht in der Lade liegen haben. Du brauchst nichts anderes zu tun, als die Augen zu schließen, und sie sind da. Auf Abruf, hat sie gesagt. In dir drinnen. Wird es so sein? Daß ich sie nicht um mich haben muß, weil sie ohnehin in mir wohnt? In meinem Inneren? Jawohl. Ich fürchte mich ein wenig. Warum nicht. Ich habe Angst, weil ich weiß, daß mit dem Glück der Zukunft auch Schmerzen kommen werden. Gut. Bitte. Sollen sie kommen. Bin ich nicht schon die ganze Zeit hindurch ein zukunftsorientierter Mensch gewesen? Natürlich war ich das. Immer schon. Interessiert mich denn, was hinten liegt? Nein. Sicherlich nicht. Früher einmal, solange ich Dinge oder auch Menschen haben wollte, da hat mich auch das Vergangene interessiert. Aber jetzt doch nicht mehr? Wird denn nicht jeder Tag neu sein? Ein Neubeginn? Jeder Tag ein neues Leben? Sicherlich. So soll es sein und so wird es sein. Und Schluß. Die Liebe, die zwischen ihr und mir lebt, die ist doch schließlich kein statischer Zustand, sondern ein lebendiger Vorgang. Meine Liebe zu ihr. Jeden Morgen neu. Anders. Schöner. Herrlicher. Weil meine Liebe zu ihr in mir wächst. Aufblüht. Und trotzdem habe ich feuchte Augen. Wie schwer wird es sein, das neue Leben? Wie schwer wird es sein? Wenn dann plötzlich irgendwann während des Tages nichts mehr in mir da ist außer dem Bedürfnis, sie zu streicheln, mit ihr glücklich zu sein, geborgen zu sein, sie und ich, in einer feindlichen Welt, in einer vielleicht fremden Welt.

Münzing kommt zur großen Kreuzung. Er zögert einige Sekunden und bedenkt, ob er die große Straße, die an der Schmalseite des Parks entlangführt, überqueren soll. Warum muß ich nach Hause? Warum jeden Tag die Dreiundzwanzig-Uhr-Nachrichten? Bin ich ein Gewohnheitstier? Warum gehe ich nicht hinüber in die Altstadt? Wenigstens in das Espresso, in dem ich gestern den Heinzler getroffen habe. Oder in die Bar vom Savoy. Dort ist doch immer der Wendler. Und einige andere alte Bekannte. Niedersetzen. Plaudern. Einen Martini dry. Ein wenig Musik. Die haben sicher noch den Klavierspieler aus Kalifornien dort. Aber wozu? Um mir dem Wendler seine Weibergeschichten anzuhören? Und Näheres über seine zweideutigen Transaktionen im Middle-East zu erfahren? Wozu? Münzing wendet sich nach links. Er geht weiter. Am Park entlang. Langsam. Er hört das Rauschen der Blätter. Ein vereinzelter Schrei eines Wasservogels. Weit weg. Aus der Umgebung des Teiches. Der Gehsteig ist breit. Zwei parallellaufende

Baumreihen und ein Wiesenstreifen trennen die Fußgänger von der Fahrbahn. Das Motorengeräusch der Automobile ist nur gedämpft zu hören. Stille? Wie still sind Stilleben? Ist das Leben still? Sollte man eher Stummleben sagen? Jedenfalls Leben. Gibt es etwas Unpassenderes als den französischen Ausdruck für Stilleben. Nature morte? Was heißt tote Natur? Natur kann belebt sein; oder unbelebt; aber nie tot. Doch man sagt nicht: Darstellung unbelebter Dinge; man sagt Stilleben. Es ist eben still geworden.

Ein Figurenmaler. Der malt Menschen, wie er sie sieht. Die Menschen sitzen oder stehen. Sie gehen oder laufen. Sie arbeiten, feiern oder schlafen. Sie spielen mit Karten, trinken und tanzen. Sie fluchen und bekämpfen einander. Sie kommen oder gehen. Sie verabschieden sich langsam und umständlich. Oder sie stehen eilig auf und gehen weg. Was veranlaßt einen Maler, mit alldem Schluß zu machen? Was veranlaßt einen Maler, aufzuhören, ein Figurenmaler zu sein? Geschieht es in jenem Augenblick, in dem er erkennt, daß ein Mensch nicht nur in seinem Leib anwesend sein kann, sondern auch in den Dingen seiner Umgebung? Oder anderswo? Ein Maler beginnt, Gegenstände zu malen. Was ist diesem Entschluß vorausgegangen? Dem Entschluß, ein Weinglas zu malen. Es zu einem Drittel mit Wein zu füllen. Es auf den Tisch zu stellen. Dann zwei Zinnteller.

Nüsse. Nußschalen. Eine Zitrone, ein Messer. Zitronenschalen. Und dann diese Dinge zu malen. Festzuhalten. Müssen diese Dinge festgehalten werden, weil sie das eigene Herz berührt haben? Ist das ihr Anspruch? Oder ist es mehr? Ist das Weinglas jenes, aus dem die Freundin zum letzten Mal getrunken hat? Vor ihrer Reise? Ist das der Becher, der umgeworfen wurde, als der Postbote den Brief brachte? Mit der Nachricht, daß die Freundin nicht mehr zurückkehren wird. Die Freundin. Die Weggefährtin.

Münzing wendet sich nach links und biegt in die Straße, in der er wohnt. Das Anwesen. Das Anwesendsein. Genügt es? Eine Glocke ruft. Ein Schiff fährt ab. Genügt es, da zu sein? Einzusteigen und wegzufahren? Was tut einer, wenn er merkt, daß er im falschen Dampfer sitzt? Genügt es, anwesend zu sein? Führen wirklich alle Wege nach Rom? Genügt es, zu sein? Oder muß man wissen, daß man ist? Muß man sagen können: Ich bin. Ist das die Fahrkarte, die berechtigt, einzusteigen und wegzufahren? Ist man blinder Passagier, solange man nicht weiß: Ich bin. Sind die Pflanzen blinde Passagiere? Und die Tiere? Und die Menschen, die nicht sagen können: Ich bin?

Ein Vogelschrei. Aus dem Park. Vom Teich. Münzing geht weiter. Da vorne ist schon der

Zeitungskiosk. Wieder ein Vogelschrei. Vielleicht einer der Schwäne? Das war ein kräftiger Klang, denkt Münzing. Voll Leben. Vielleicht eine der chinesischen Gänse? So schreit nur ein großes Tier. Was hat es gesagt? Hat es gerufen: Ich bin? Ohne es zu wissen? Münzing ist schon auf der Höhe des Zeitungsstandes angelangt und geht am Fußgängerübergang vorbei. Er geht weiter, bis er seinem Wohnhaus gegenübersteht.

Genügt es zu wissen, denkt Münzing, daß sich Lebensumstände ändern? Genügt es, beizustimmen? Muß ich wissen, wohin ich gehe? Oder genügt es, zu gehen? Verena hat offenbar vieles gewußt. Lange Zeit schon. Der Tag kommt, an dem man sehen wird: Es ist genug. Sie hat recht behalten. Sie hat heute gesagt: Du wirst ein großes Stück weitergegangen sein, wenn du aufhörst, dir Gedanken zu machen, wieviel es sein mag, das für dich genug ist. Gestern, vor allem aber heute habe ich gelernt, daß es sinnlos ist, weiterzuraffen. Daß es ein sinnloser Sport ist, noch mehr haben zu wollen. Ich stehe an einem bestimmten Punkt im neuen Land. Wenn ich weitergehe? Komme ich an einen höher gelegenen Ort? An einen Ort, von dem aus ich mehr erkennen kann? Werde ich dann das leben, wovon ich jetzt nur rede? Damit dann das, das da ist, genügt. Wieviel es auch immer sei. Und wie geht es weiter? So wie gestern und heute? Genügt es, aufmerksam zu sein? Wieso erkenne ich plötzlich, was ich früher nicht gesehen habe? Ist das nur Aufmerksamkeit? Nichts anderes? Eine neue, eine tiefere Aufmerksamkeit? Woher stammt sie? Wie gehe ich weiter? Einfach über die Straße; ins Haus? In die Wohnung? Zu Bett? Und morgen? Genügt es, an das Heute zu denken? Wird der morgige Tag wirklich für sich selbst sorgen? Morgen? Um acht Uhr? Oder um neun? Wird die alte Frau zum Teich kommen? Werden jene, die nicht säen und nicht ernten, essen können? Oder wird niemand kommen? Werden sie hungern, wenn die alte Frau nicht da sein wird? Kommt dann ein anderer Mensch? Ist immer jemand da, der Futter streut? Gelassen und ruhig; ohne zu bevorzugen. Wenn aber niemand kommt? Niemand, der Futter streut? Dann leben sie doch auch? Die Vögel am Teich. Oder nicht?

9
Das andere Leben

Münzing überquert die Straße, dann den Gehsteig. Er sperrt die Haustür auf, geht zum Aufzug und drückt den Knopf, unter dem UP steht. UP. Diese Idioten. Hinauf. Aufwärts. Die Aufzugskabine ist da. Die Tür öffnet sich. Münzing steigt ein. Fährt hinauf. Seine Wohnung. Er steckt den Schlüssel ins Schloß. Die Alarmanlage. Ein leises Geräusch. So als ob eine Münze zu Boden fallen würde. Jetzt ist die Alarmanlage ausgeschaltet. Münzing tritt ein. Er geht durch den Vorraum in den Salon. Rechts der Kasten mit den Laden. Eine der oberen Laden steht ein wenig offen. Leer. Münzing ist müde. Sein Atem verursacht ein leises Geräusch. Wie die Wellen am Meer. Hinaus. Eine kleine Pause. Zurück. Eine kleine Pause. Wiederum hinaus. Münzing setzt sich auf die Lehne eines Polsterstuhles. Er schließt einen Moment lang die Augen, merkt, daß er durchatmet, daß er mit jedem Atemzug seine Lungen vollfüllt mit Luft. Er merkt die Befriedigung, die dadurch entsteht, die Ruhe, die einkehrt. Er ist froh, nicht in die Altstadt gegangen zu sein; nicht in einem Café zu sitzen. In einer Bar mit einem Martini dry in der Hand. Die Weibergeschichten des Wendler anhören zu müssen. Aber Martini dry, denkt Münzing. Warum nicht. Er steht auf und geht in die Küche. Er öffnet den Eiskasten, nimmt die Wanne mit den Eiswürfeln aus dem Tiefkühlfach, geht zur Wasserleitung und läßt Wasser über den Trog mit dem Eis rinnen. Die Eiswürfel lösen sich vom Behälter. Münzing gibt sie in eine Schale. Er nimmt diese, kehrt ins Wohnzimmer zurück und stellt sie auf den Tisch.

Zweiundzwanzig Uhr fünfzig. Jawohl. Noch genug Zeit für einen Martini dry. Um dreiundzwanzig Uhr die Nachrichten. Dann werde ich schlafen. Münzing schaltet den alten Radioapparat ein. Den hat er noch von seinem Vater; trotzdem eine hervorragende Klangqualität. Der Apparat steht inmitten der Bücher auf einem der Bretter. Ein großer Mittelwellenteil. Gleich nach dem Einschalten werden die Namen der größeren Radiostationen Europas auf einer von hinten grün beleuchteten Glasplatte sichtbar. Hilversum, Rias Berlin, London BBC, Rom, Wien, Budapest und noch zwanzig oder dreißig andere Namen. Münzing hat den Ultrakurzwellenbereich gewählt. Da gibt es nur zwei Programme. Die Dreiundzwanzig-Uhr-Nachrichten werden im zweiten Programm ausgestrahlt. Münzing wählt das zweite. Musik. Irgendein nordischer Komponist? Sibelius vielleicht? Jedenfalls angenehm. Ruhig dahinfließend. Er fühlt, daß die Musik durch ihn hindurchströmt. Aber wie? Von links nach rechts? Von rechts nach links? Von hinten nach vorne? Von vorne nach hinten? Von oben nach unten? Auf keinen Fall von unten nach oben. Mehr kann er nicht feststellen.

Münzing geht zu einem Schrank neben der Bücherwand. Er nimmt zwei Flaschen. Eine mit hellem Vermouth-Wein. Eine andere: Gordons-London-Dry-Gin. Warum nicht? Wird schon passen. Er trägt die beiden Flaschen zum Tisch und stellt sie neben die Schale mit den Eiswürfeln. Er geht zurück zum Schrank und nimmt eine Kanne heraus. In dieser steckt eine durchlöcherte Metallplatte, die auf einer Seite mit einem langen Griff versehen ist. Der Griff ragt einige Zentimeter über den Rand des Gefäßes hinaus. Münzing trägt die Kanne mit der Siebplatte zum Tisch und stellt sie neben die beiden Flaschen. Er setzt sich. Die Musik fließt nun in einem eigenartigen Rhythmus. Zu dem früheren ruhigen Strömen ist ein neuartiges Element dazugetreten. Wie der Herzschlag eines Menschen. Pulsierend. Anschwellend und wieder abklingend. Immer wieder. Münzing steht noch einmal auf. Er holt eine silberne Zange aus dem Schrank. Sie hat eine gewisse Ähnlichkeit mit einer Zuckerzange. Er setzt sich wieder. So. Genug. Das geht. Münzing zieht die Siebplatte aus der Kanne, legt sie neben der Flasche mit dem Vermouth-Wein auf den Tisch und nimmt die Zange zur Hand. Er gibt fünf Eiswürfel in die Kanne. Dann Vermouth-Wein. Dann Gin. Ohne besonders zu messen. Das Augenmaß genügt ihm. Münzing schwenkt die Kanne. Vorsichtig. Mit einer kreisenden Bewegung. Er beobachtet die Schlieren, die beim Mischen der Flüssigkeiten entstehen. Er schaut zu, wie die Eiswürfel ein wenig schmelzen. Noch mehr Schlieren. Das Wasser, das beim Schmelzen der Eiswürfel entstanden ist, mischt sich jetzt mit dem Gin und dem Vermouth-Wein. Die Flüssigkeit in der Kanne wird kälter. An der Außenseite des Gefäßes kondensiert Wasser, das vorher in der Luft als Feuchtigkeit vorhanden war. Bis zur Höhe des Flüssigkeitsspiegels im Inneren des Gefäßes ist dieses jetzt außen mit einer feinen Wasserschicht beschlagen. Münzing steckt die Siebplatte mit Hilfe des Handgriffes in die Kanne. Er schaut um sich. Kein Glas. Das ist aber das letzte Mal. Noch einmal stehe ich nicht mehr auf. Münzing geht zum Schrank und holt ein Glas. Eine Halbkugel auf einem langen Fuß. Unten eine einfache Bodenplatte. Er trägt das Glas zum Tisch und stellt es vor sich hin. Er setzt sich, nimmt die Kanne in die linke Hand, hält mit der rechten Hand den Griff der Siebplatte und gießt das kalte Gemisch von Vermouth-Wein und Gin in das Glas. Nein. Keine Olive. Keine Zitrone. Keinen

Unsinn. Erstens bin ich ein Martini-dry-Amateur und zweitens bin ich zu müde. Münzing bleibt sitzen. Er lehnt sich im Polsterstuhl zurück, beugt sich aber einige Sekunden später wieder vor. Er nimmt das Glas und trinkt ein wenig. Nicht mehr als vielleicht ein Zehntel der vorhandenen Menge. Dann stellt er das Glas zurück, ziemlich genau in die Mitte des Tisches. Jetzt rückt er im Polsterstuhl ein wenig hin und her. So lange, bis er bequem sitzt.

Der pulsierende Rhythmus des Sibelius ist wieder einem ruhigen Dahinfließen gewichen. Vielleicht ist das gar kein Sibelius? Vielleicht ein Engländer? Vielleicht Elgar? Jetzt der Ausklang. Ein schöner Ausklang. Ein ruhiges Verströmen. Dann eine dunkle Frauenstimme: Dreiundzwanzig Uhr. Dann eine Pause. Nur ein leises Knistern im Apparat läßt hören, daß dieser eingeschaltet ist. Warum die nicht gesagt haben, welches Musikstück das war, das sie gebracht haben? Wahrscheinlich war keine Zeit mehr. Gut. Dreiundzwanzig Uhr. Ich werde morgen beim Rundfunk anrufen und fragen, was das war. Mein Gott, bin ich müde. Dieser Vormittag. Aber nein. Da ist es ja noch gegangen. Aber die Besichtigung der Aquarelle am Nachmittag. Und dann das Gespräch mit dem Heinemann. Das hat mich doch mehr angestrengt, als zu erwarten war. Und schließlich noch der Abschied von Verena. Nach den Nachrichten gehe ich schlafen. Sofort. Wie lange ist es eigentlich dreiundzwanzig Uhr? Wieso haben die so eine lange Pause? Eine Schlamperei. Die schalten nicht ins Nachrichtenstudio um. Wie diese Frau vorhin dreiundzwanzig Uhr gesagt hat. Klingen alle Frauenstimmen dunkel, wenn sie von einem Rundfunksender ausgestrahlt werden? Oder stellen die als Sprecherinnen nur Frauen mit dunklen Stimmen an? Dieselbe Frauenstimme: Hier ist das erste Programm. Hier ist das Nachtstudio alter Musik. Münzing beugt sich vor. Was heißt Nachtstudio? Wieso erstes Programm? Ich habe doch vorhin das zweite Programm gewählt. Wissen die nicht mehr, was sie tun? Oder habe ich doch falsch eingestellt?

Münzing ist zu müde, nochmals aufzustehen, zum Apparat zu gehen, umzuschalten. Er lehnt sich wieder in seinem Sessel zurück und schließt die Augen. Gut. Dann keine Nachrichten. Wozu auch? Chinesische Truppen an der Grenze zu Vietnam. Konzentration in der englischen Stahlindustrie. Wozu auch? Dieselbe Frauenstimme: Das heutige Nachtstudio ist der deutschen Barockmusik gewidmet. Wir beginnen das Programm mit einer Kantate von Johann Sebastian Bach: Es ist genug, Herr; wenn es dir gefällt, so spanne mich doch aus. Dann beginnt die Musik.

Ausspannen. Ein Pferd wird ausgespannt. Oder irgendein anderes Zugtier, das einen Wagen zog. Lange Zeit vielleicht. Eine prunkvolle Kutsche, von der aus ein Fürst sein Land besichtigte. Oder einen Bauernwagen, mit dem das Futter für die Tiere vom Feld zum Hof gebracht wurde. Irgend jemand hat einmal das Pferd eingespannt. Ein Diener in einem fürstlichen Haus. Ein Bauer. Eine Bäuerin. Dann zog das Pferd den Wagen. Schneller in ebenem Land. Langsamer, wenn es bergauf ging. Im Regen. In der Hitze des Mittags. Dann wurde gerastet. Das Pferd ist eingespannt geblieben. Es stand vor dem Palast oder vor dem Bauernhof; graste ein wenig. Dann ging es weiter. Das Ziel der Fahrt? Oder die Rückkehr? Was war das Ziel der Fahrt? Eine Arbeit zu tun? Etwas zu erledigen? War es eine Vergnügungsfahrt? War der Sinn der Fahrt im Fahren gelegen? Oder im Erreichen eines Zieles? Jetzt wird ausgespannt. Der Wagen, den das Pferd zog, der bleibt stehen. Das Pferd wird weggeführt. Wohin? Auf eine Weide? In einen Stall? Zu einem Pferdehändler? In das Schlachthaus? Vielleicht doch auf eine Weide? Und morgen? Wird morgen wieder eingespannt? Ein neuer Wagen? Schwerer oder leichter als jener, der gestern zu ziehen war?

Ausgespannt. Ein Zugtier spannt man aus. Das arbeitete. Jetzt wird es ausgespannt. Wird auf die Weide geführt, wird in den Stall geführt. Es säte nicht und es erntete nicht. Trotzdem. Es kommt der Knecht des fürstlichen Hauses. Oder der Bauer. Oder die Bäuerin. Eine alte Frau? Streut Futter und geht wieder. Gab es schon je ein Zugpferd, das sich um seine Nahrung geängstigt hätte? Ist es nicht vielmehr so, daß jedes Pferd vertraut? Dem, der es einspannt. Zur Arbeit. Dem, der es wieder ausspannt. Zur Ruhe. Zur Rast. Zur Weide. Für den Stall. Ist es nicht so, daß jedes Pferd vertraut? Auch noch im Schlachthaus? Auch noch, wenn schon der Schußapparat an die Stirne gesetzt ist? Daß es vertraut? Dem, der es führt.

Unser Programm begann mit einer Kantate von Johann Sebastian Bach: Es ist genug, Herr; wenn es dir gefällt, so spanne mich doch aus. Wir setzen fort mit dem Brandenburgischen Konzert Nummer fünf in D-Dur, Bachwerkeverzeichnis eintausendfünfzig. Dieses Werk von Johann Sebastian Bach spielt das Stuttgarter Barockensemble unter dem Dirigenten Franz Martin. Münzing sitzt noch immer im Polstersessel. Zurückgelehnt. Er blickt vor sich hin, ohne einen bestimmten Punkt zu fixieren. Er ist noch immer sehr müde. Vor ihm die beiden Flaschen. Vermouth-Wein und Gin. Die Kanne mit der Siebplatte. Die Eiswürfel in der Schüssel. Die sind deutlich kleiner als vorhin. Rundherum das Wasser. Trotzdem. Eine andere Welt. Eine neue Welt.

Früher als erwartet. Verena hat recht behalten. Bei Gott. Das ist sie. Die neue Zeit. Plötzlich. Und so rasch. Meine geliebte Verena. Von nun an wird es gleichgültig sein, wieviel da ist. Viel oder wenig oder kaum etwas. Es wird genug sein.

Ich habe all die Jahre einen Leichenwagen gezogen. Ich habe nur mit toten Menschen zu tun gehabt. Verena natürlich ausgenommen. Und offenbar auch Tiller. Aber sonst? Geschäftlich? Ich habe nur mit dem toten Besitz von Toten zu tun gehabt. Münzing nimmt jetzt wieder das Glas zur Hand. Er trinkt, leert das Glas bis auf einen kleinen Rest und stellt es zurück auf den Tisch. Er steht auf und geht zum Fenster. Der dunkle Park. Wellen, die der Wind über die Baumwipfel treibt. Münzing wendet sich um. Er sieht den Tisch, das Glas, den kleinen Rest von Flüssigkeit darin. Er sieht die Kanne und die Schale mit den Eiswürfeln. Er schaut Gegenstände an, aber er sieht gleichzeitig den Stoff, aus dem Stilleben gemacht sind. Das ist es. Genau das ist es. Wenn ich ein Heda wäre. Jetzt, in diesem Augenblick würde ich meine Staffelei aufstellen. Und hier würde ich zu malen beginnen und atemlos weitermalen, bis zumindest das Gerüst des Bildes fertig wäre. Damit Menschen sehen können, auch Jahrhunderte später noch sehen können: Hier ist einer aufgestanden, weggegangen, weitergegangen.

Jetzt wieder die dunkle Frauenstimme: Das war das fünfte Brandenburgische Konzert von Johann Sebastian Bach. Wir setzen fort mit... Münzing geht zum Radioapparat. Er schaltet ab. Stille. Hie und da dringt das Geräusch eines vorbeifahrenden Automobils herauf. Ganz im Hintergrund leise das Rauschen der Bäume im Park. Münzing geht in sein Schlafzimmer. Er zieht den Leinenanzug aus, den er vor wenigen Stunden für den Abend mit Verena gewählt hat. Für ein Abendessen, um die Vermittlung des Verkaufes der Günther-Werke zu feiern. Wann war das gewesen? Vor einer Ewigkeit? Münzing legt die Hose sorgfältig zusammen. Hängt sie über einen Kleiderbügel. Dann das Sakko. Er öffnet den Kleiderschrank, hängt den Anzug hinein, läßt die Tür des Kastens ein wenig geöffnet. Er entkleidet sich vollständig, geht ins Badezimmer und duscht. Erst warm, dann kalt. Er nimmt ein frisches Handtuch aus einem Kästchen, reibt sich damit trocken und zieht seinen Schlafanzug an. Er will zu Bett gehen und sieht, daß sich das Bett in dem Zustand befindet, in dem er es am Morgen verlassen hat. Natürlich. Frau Wirtsmann ist auf Urlaub. Meine Hausfrau. Die schon viele Jahre die Schlüssel zu meiner Wohnung hat und die sonst jeden Tag für ein oder zwei Stunden kommt und alles in Ordnung hält. Münzing glättet das Bettuch. Er schüttelt Polster und Decke zurecht und geht zurück in den Salon. Er schaltet die

Lampen ab, geht wieder ins Schlafzimmer und dreht auch hier das Licht aus. Er legt sich ins Bett und hat nach einigen Sekunden den richtigen Platz gefunden. Münzing liegt auf der rechten Seite. Einen Fuß angezogen, den anderen ausgestreckt. Einen Arm unter seinem Kopf, den anderen am Rücken. Er atmet ruhig und regelmäßig. Er schläft sofort ein. Schläft die ganze Nacht hindurch, ohne ein einziges Mal aufzuwachen.

Der neue Morgen. Der dritte Tag. Münzing erwacht. Er döst noch ein wenig. Denkt: Ich erinnere mich nicht, wo ich während dieser Nacht war. Wahrscheinlich war ich gestern übermüdet. Er bleibt noch eine Weile im Bett und bedenkt die vergangenen Tage. Vorgestern. Da war ich am Morgen im Park. Die Nachricht vom Tod Zweigmanns. Der Entschluß, die Aquarelle zu verkaufen. Nachmittags die Günther-Verhandlung. Abends der Fidelio. Dann gestern: vormittags der Heinemann. Später mit ihm essen. Nachmittags die Besichtigung und der Verkauf der Aquarelle. Abends mit Verena zum Manzini. Dann diese Kantate. Abgesehen von dem Entschluß, die Aquarelle zu verkaufen, war das doch nichts anderes als eine selbstverständliche Folge alltäglicher Ereignisse. Warum habe ich während dieser zwei Tage in diesen alltäglichen Ereignissen etwas Besonderes gesehen? Warum habe ich sie registriert und beachtet? Wieso war ich gerade während dieser zwei vergangenen Tage imstande, in solchen Geschehnissen mehr zu sehen als Belanglosigkeiten? Mehr als eben nur einen Gang durch den Park. Eine Todesnachricht. Eine Verkaufsvermittlung. Eine Opernaufführung. Und was sonst noch war. War ich ganz einfach aufmerksamer? Sicherlich war ich aufmerksam. Aber warum? Weil es an der Zeit war? Wer war es, der gesagt hat: Es ist an der Zeit! Schau! Jedenfalls nicht Verena. Die hat zugewartet. Wer war es dann, der gesagt hat: Es ist an der Zeit! Schau!

Münzing schlägt die Decke zur Seite. Er steht auf und geht ins Badezimmer. Rasieren. Zähne putzen. Duschen. Er zieht sich an. Er wählt denselben leichten Leinenanzug, den er gestern abend getragen hat. Ein Hemd aus rosagefärbtem Baumwollstoff. Eine Krawatte aus Indien. Blaugraue Seide. Ein hellglänzendes Material. Münzing verläßt die Wohnung. Er versperrt die Tür, geht dann durch den Park. Das kleine Espresso neben dem Büro. Münzing tritt ein. Er bleibt vor dem Pult stehen; bestellt Kaffee. Er merkt, daß er keine Morgenzeitungen gekauft hat. Er hat völlig darauf vergessen. Er hat nicht einmal den Kiosk bemerkt, an dem er doch vorbeigegangen sein muß; vor dem Überqueren der Straße zum Park. Münzing wartet auf den Kaffee. Er blickt hinaus auf die Straße. Automobile. Viele Personenautos. Wenige Lastfahrzeuge. Aber auch einige Radfahrer. Immerhin. Vor ein oder zwei Jahren hat es kaum Radfahrer gegeben. Dann viele Fußgänger. Auffallend, wie viele heiter gestimmte Menschen vorbeigehen. Oft zu dritt oder zu viert. Wie sie miteinander plaudern. Dann der Mann, der heute wieder hinter der Bar steht. Fröhlich lächelnd stellt er Münzing den Kaffee hin. Der trinkt, bezahlt, grüßt und geht hinaus. Er wendet sich nach links, spürt, wie er vom Strom der Fußgänger aufgenommen wird, wie er weitergetragen wird. Wenige Schritte nur. Trotzdem. Dann ist Münzing vor dem Haus, in dem sich sein Büro befindet. Er geht hinein. Der Aufzug. Der Gang mit dem roten Spannteppich. Münzing läutet. Tiller öffnet. Grüßt. Lächelt. Heute ärgert sich Münzing nicht über das Lächeln Tillers. Er weiß, warum Tiller lächelt. Und es ist gut so.

In Tillers Büro. Münzing sieht, daß Tiller den Fernschreiber abgeschaltet hat. Gut. Er ist offenbar informiert. Er weiß also. Sie erinnern sich, Herr Münzing, sagt er, Sie haben die Reise, die für heute geplant war, abgesagt. Ich erinnere mich, sagt Münzing. Abgesehen davon. Ich glaube ja nicht, Ihnen eine große Neuigkeit zu erzählen. Aber verschiedene Ereignisse während der vergangenen zwei Tage haben mich überzeugt, daß es an der Zeit ist, mein Büro zu schließen. Ich werde auf andere Art weiterarbeiten. Anders, als ich es bisher getan habe. Wir werden den Vormittag dazu verwenden, die Angelegenheiten hier zu einem Abschluß zu bringen. Wir haben für die Räume hier drei Monate Kündigungsfrist. Und dann Ihr Urlaub. Soweit ich mich erinnere; Sie waren ja wenig weg während der vergangenen Jahre. Ihr Urlaub muß etwa zwei bis drei Monate betragen. Aber bitte, sind Sie auch so gut, sich den Betrag auszurechnen, der Ihnen als Abfertigung zusteht. Wie? Das haben Sie schon getan? Münzing merkt, wie er ein wenig ärgerlich wird. Haben Sie vielleicht auch schon die Büroräume aufgekündigt? Nein? Das nicht? Also gut. Münzings Verstimmung ist schon wieder verflogen. Dann setzen Sie bitte ein Kündigungsschreiben auf. Ich werde inzwischen eine Liste jener Leute anfertigen, die wir verständigen müssen. Natürlich auch das Finanzamt. Die Standesvertretungen. Der Steuerberater soll mit heutigem Tag abschließen. Die Günther-Verträge senden wir nun doch mit der Post. Natürlich müssen Sie auch nicht nach Basel nächste Woche. Das werde ich schon regeln. Einige Leute kann ich jetzt anrufen. Den anderen müssen wir schreiben. Die Einrichtung? Die lassen wir da. Die soll verkauft werden. Auch der Kasten. Und mein Schreibtisch. Nur das Bild in meinem Arbeitszimmer. Das nehme ich mit. Das kommt in meine Wohnung. Vorläufig zumindest.

Münzing geht in seinen Arbeitsraum. Er telephoniert, schreibt Briefe, macht Notizen, telephoniert wieder. Er geht in Tillers Büro, nimmt einige Ordner aus dem Kasten, sperrt das dahinterliegende Safe auf und legt den Inhalt desselben in eine Aktentasche. Er versperrt das Safe wieder und stellt die Ordner zurück. Dann geht er zur Bank und legt die Aktentasche samt Inhalt in ein Banksafe. Er kommt wieder und ruft eine Spedition an, die die Geschäftspapiere in Kisten verpacken soll. Zur Aufbewahrung in einem Lagerhaus. Tiller schreibt Briefe, telephoniert, schreibt wieder, schließt Konten ab. Er geht dann ebenfalls zur Bank und holt mit einem Scheck sein Gehalt und die Abfertigung. Er kommt zurück und sieht, daß der Wagen der Spedition vor dem Haus parkt. Er findet die Arbeiter des Unternehmens schon damit beschäftigt, die Ordner mit den alten Unterlagen und anderes kleines Inventar in Kisten zu verstauen, diese mit Vorhangschlössern zu versehen und abzusperren. Dann werden die Kisten zum Firmenwagen getragen. Die letzten Briefe. Münzing führt noch einige Telephongespräche. Nicht mit Verena. Nein. Sie wird anrufen, wenn sie meint, daß der Zeitpunkt dazu richtig sei. Und warum nicht? Gut so. Aus.

Münzing kommt in Tillers Büro. Der blickt von seinem Schreibtisch auf. Fertig, Herr Tiller? Gut. Ich weiß, daß ich mich um Sie in keiner Weise sorgen muß. Wenn Sie wollen, können Sie so erfolgreich sein im Geschäft, wie ich es war.

Aber ich glaube zu wissen, daß Sie darauf eher wenig Wert legen. Behalten Sie Ihre Schlüssel zum Büro hier. Ich behalte die meinen. Es ist ja noch der Verkauf des Inventars abzuwickeln. Und die Besichtigung durch die Hausverwaltung. Wir werden einander noch nicht aus den Augen verlieren. Tiller steht auf. Durch den Schreibtisch getrennt, stehen die zwei Männer einander gegenüber. Ich danke Ihnen für alles, das Sie getan haben, setzt Münzing fort. Es war immer mehr, als Ihre Pflicht gewesen wäre. Nicht nur in geschäftlicher Beziehung. Wir haben hervorragend zusammengearbeitet. Ich wünsche Ihnen alles Gute für Ihren weiteren Lebensweg. Ebenfalls, Herr Münzing. Und darüber hinaus herzlichen Dank.

Münzing geht noch einmal in seinen Arbeitsraum. Kommt wieder mit dem Stilleben des Heda unter dem Arm. Tiller holt Papier und Bindfaden aus einer Lade. Münzing hilft, das Bild in Packpapier einzuschlagen und das Paket anschließend zu verschnüren. Keine große Sache. Vierundvierzig mal einundfünfzig Zentimeter Eichenholz. Und ein eher schmaler Rahmen. Münzing nimmt das Bild unter den Arm und geht in den Vorraum. Tiller kommt nach und schließt die Tür zu seinem Büro. Ohne sich noch einmal umzublicken. Auch Münzing hat nicht zurückgeschaut. Tiller öffnet die Eingangstür. Er geht hinaus und wartet, bis

Münzing mit dem Bild unter dem Arm nachkommt. Er schließt die Tür, sperrt ab und steckt den Schlüssel in seine Tasche. Beide gehen zum Aufzug. Zuerst der rote Spannteppich, später der stahlgraue. Dann der Aufzug. Die Halle. Tiller öffnet die Haustür und läßt Münzing hinaustreten; geht dann selbst hinaus. Die Tür fällt hinter ihnen ins Schloß.

Beide stehen vor dem Haus auf dem Gehsteig. Inmitten der Fußgänger. Auf der Straße die Radfahrer, die Autos. Dahinter die Bäume. Der Park. Grün. Blühend. Die Sonne. Der Himmel ist so rein, wie er es schon während der vergangenen zwei Tage war. Tiefblau. Einige kleine weiße Sommerwolken über den Bäumen. Zwölf Uhr mittags. Tiller lächelt. Er schaut zu Münzing. Sagt: Keine Geschäftsreise heute, Herr Münzing. Ja, antwortet der. Da haben Sie recht. Keine Geschäftsreisen mehr. Und dann geschieht es wieder. Zum dritten Mal. Münzing steht drüben. Schon fast bei dem kleinen Café. Und er sieht, wie das, was sichtbar ist an ihm, vor der Eingangstür zum Haus steht. Mit dem Bild unter dem Arm. Und daneben steht Tiller. Schau dir das an, denkt Münzing. Ist es nicht ganz einfach lächerlich? Wie ich mich an dem Bild festhalte. Als ob das ein Rettungsring wäre. Und ich ein Schiffbrüchiger auf hoher See. Was mache ich mit diesem Bild? Wozu will ich es aufbewahren? Habe ich es nicht auf andere Art als mit meinen Händen erfaßt? Trage ich es nicht in mir, dieses Bild? Und alle anderen Stilleben, die ich schon irgendeinmal gesehen habe?

Dann ist alles wie vorher. Münzing steht neben Tiller. Er wendet sich diesem jetzt zu. Sagt: Sie wissen, Herr Tiller, außer der Ihnen gesetzlich zustehenden Abfertigung haben Sie nichts von mir bekommen. Sie wissen auch, daß ich Ihnen sehr dankbar bin. Sie haben viel für mich getan. Ich bin Ihr Chef gewesen. Aber ich kann es ruhig sagen. Erst während der vergangenen zwei Tage habe ich erfaßt, daß Sie im verborgenen, ohne viel Aufsehen zu erregen, für mich ein Vorbild waren und noch sind. Es ist Ihre Distanz zu den Dingen. Erst heute weiß ich, warum Sie so sein können. Weil Sie auf dem richtigen Weg sind und auf diesem Weg auch weitergehen. Ich weiß das, weil ich selbst am Anfang dieses Weges stehe. Ich bitte Sie, dieses Bild, das Sie ja kennen, als Geschenk anzunehmen. Sie wissen. Ein Heda. Sechzehnhundertzweiunddreißig. Das Bild hat mir weitergeholfen. Es hat in ganz besonderem Maß dazu beigetragen, mir die Orientierung in Gebieten, die mir bis dahin unbekannt waren, zu erleichtern; ja überhaupt erst zu ermöglichen. Ich brauche dieses Bild nicht mehr. Ich weiß; auch Sie brauchen es nicht. Sie sind schon weiter. Bitte nehmen Sie es trotzdem.

Tiller schaut Münzing an. Freundlich. Vielleicht auch ein wenig verschlossen. So als ob er um seine Distanz zu Münzing besorgt wäre. Er sagt schließlich: Sie wissen, Herr Münzing, daß das Bild ein kleines Vermögen kostet. Das weiß ich, Herr Tiller. Nehmen Sie es bitte trotzdem. Verkaufen Sie es. Oder behalten Sie es. Leihen Sie es aus. An Leute, die es Ihrer Meinung nach brauchen. Also Sie behalten es, Herr Tiller? Gerne, Herr Münzing. Ich bin es, der Ihnen für ein fürstliches Geschenk dankt. Münzing muß lächeln. Immer formvollendet, der Tiller. Und immer distanziert. Münzing gibt Tiller das Bild. Der klemmt es unter seinen linken Arm. Beide Männer reichen einander die Hand. Alles Gute für Ihren weiteren Lebensweg, Herr Münzing. Ebenfalls, Herr Tiller. Alles Gute. Tiller wendet sich nach links. Ohne noch einmal zurückzublicken, geht er weg. Münzing schaut ihm nach. So lange, bis er Tiller unter den anderen Fußgängern aus den Augen verloren hat.

Münzing überquert die Straße und wendet sich nach rechts. Er geht am Park entlang, auf die große Kreuzung zu. Um ihn das Blühen. Der Wind. Das Rufen der Vögel. Vor ihm die Tage und Wochen, die Monate und Jahre, die ihm noch gegeben sind. Münzing weiß nicht, was auf ihn wartet. Aber er weiß, daß das Leben während der kommenden Tage und Wochen, der Monate und

Jahre, die ihm noch gegeben sind, nichts mit Geld zu tun haben wird. Und nichts mit den Dingen. Er weiß, daß sein Leben mit Menschen zu tun haben wird. Mit den Menschen, die um ihn sein werden. Von nun an.

* *
*